Zeit und Bewegung:
Meditationen im Fahrradsattel

Eduard Parow

# Zeit und Bewegung:

Meditationen im Fahrradsattel

Bibliografische Information der Deutschen Nationalbibliothek
Die Deutsche Nationalbibliothek verzeichnet diese Publikation
in der Deutschen Nationalbibliografie; detaillierte bibliografische
Daten sind im Internet über http://dnb.d-nb.de abrufbar.

© 2008 Eduard Parow
Satz, Umschlaggestaltung, Herstellung und Verlag:
Books on Demand GmbH, Norderstedt
ISBN 978-3-8370-6145-1

# Inhalt

**Erster Abschnitt: Über »Bewegung«**     9

1. Das Trainingsgelände     10

2. Motorische Reflexionen:
   Über verschiedene Arten der Fortbewegung     16

3. Früher Verkehr: Stadt     19

4. Die weitere Mobilitätskarriere: Land und Stadt     34

5. Die Grundsatzfrage: Sich selbst bewegen oder
   sich bewegen lassen?     40

6. Mobilität     44

7. Autofahren: Sich bewegen lassen oder
   Die Fortbewegung mittels fremder Kraft     49

8. Radfahren: Sich selbst bewegen oder     52
   Die Fortbewegung aus eigener Kraft     52

**Zweiter Abschnitt: Über »Zeit«**     57

1. Der Radler am Fluss der Zeit     58

2. Innere und äussere Zeit     64

3. Über gedehnte und geraffte Zeit     69

4. Fliegenfangen oder: Spekulationen über
   die innere Zeit der Arten     72

5. Über die Füllung der Zeit mit Ereignissen     79

6.  Über Zeiterfahrungen am Kickerautomaten
    oder: wie Zeit und Bewegung zusammenhängen   83

7.  Gedehnte Sekunden                                94

8.  Über die Taktung der Zeit durch Ereignisse,
    Theorie und Praxis.                              101

9.  Über Rhythmen der inneren Zeit                   116

10. »Rock me, Baby!«: Sex und Rhythmus               120

11. Über die Geschwindigkeit des Zeitflusses
    und die Relativität der Zeit:                    128
    Zeit und Bewegung                                128

12. Über unseren Umgang mit der äusseren Zeit        138

13. Motorische Reflexionen im Fahrradsattel          144

Anmerkungen:                                         166

Exposé:                                              167

»Fahrrad, ein zweirädriges Fahrzeug, das mit Muskelkraft durch Tretkurbeln angetrieben wird. Das Gleichgewicht beim Fahren wird durch die Bewegungsenergie, durch Verlagerung des Körpergewichts sowie durch Lenken des Vorderrades gehalten«.

Brockhaus der Naturwissenschaften und der Technik

»Rapidité, rapidité!«: Jacques Tati in »Jour de Fête« als Landbriefträger auf dem Fahrrad

# Erster Abschnitt: Über »Bewegung«

# 1. Das Trainingsgelände

Wollte Erich P. sein gegenwärtiges geografisches Umfeld aus der Sicht eines Radlers beschreiben, so müsste er von einer schier endlosen Berg- und Talbahn sprechen: Ein von den letzten eiszeitlichen Gletschern geformtes Stückchen Welt, dessen Höhen zwischen dreihundert Metern über dem Meer in den grösseren Flusstälern und fünfhundert Metern auf den Kuppen schwanken.

Es wird von einem Menschenschlag mit rauhen Lauten und bedächtigem Denken bewohnt, der – wie ein kundiger Einheimischer behauptete – einerseits zu einem derben Umgangston neigt, es andererseits aber auch so meint. Entsprechend duzt man sich mit ländlicher Selbstverständlichkeit, auch wenn man einander als Fremde begegnet, und redet sich, wenn man sich kennt, mit dem Vornamen an. Der leitet sich beim grössten Teil der männlichen Bevölkerung immer noch von »Josef« ab; und wenn man wissen will, wie der Betreffende mit Nachnamen heisst, muss man dort seltsamerweise fragen: »Wie schreibst du dich?«

»Sonnleitner« antwortet dann der Angesprochene, oder »Kasberger« oder »Wimmer«. Und weil das Schwergewicht des Umgangs miteinander auf dem »Du« und dem Vornamen liegt, der aber wiederum bei der Hälfte aller hiesigen Mannsbilder »Sepp« lautet, schien es dem Erich ganz vernünftig zu sein, zur Unterscheidung der vielen »Seppen«, die man kennt, vom »Sonnleitner, Sepp« oder dem »Wimmer, Sepp« zu reden, den Nach- oder Schreibnamen also adjektivisch voranzustellen.

Die Namensgebung entstammte der bäuerlichen Tradition des Landstrichs, nach welcher der Fortbestand des Hofes wichtiger war als das individuelle Schicksal dessen, der ihn gerade bewirtschaftete – der Bauer konnte ja auch eingeheiratet sein. Dass derjenige, der gegenwärtig auf dem »Heftlehner« sass, sich »Mayer« schrieb, musste nur bei administrativen Anlässen festgestellt werden. Für den alltäglichen Verkehr genügten der Hofname oder der Vorname.

»Hier vom Schlag getroffen, tu ich auf Jesus hoffen! Der Bauer von Unter-Aicha.« So beschrieb ein Anonymus am Wegrand sein Schicksal, und jeder wusste damals, wer gemeint war. So und ähnlich lauteten seitdem die Widmungen und Votivtafeln, die jene fromme Bevölkerung am Wegrand aufstellte, und die von Arbeitsunfällen im Holz, von glücklichen Errettungen aus der Not oder von Wilderern erzählen, die trotz Bitten um Gnade erschossen wurden (aber da sei auch ein »Weiberleit« im Spiel gewesen, wird heute noch gemunkelt).

Das »Weiber-« oder »Mannerleit«, wie sie einander in Einzahl und geschlechtlicher Neutralität bezeichnen, ist dabei aber keineswegs so abwertend gemeint, wie es einem hochdeutsch geübten Ohr zuerst erscheinen möchte. Im Gegenteil, es bedeutete die wechselseitige Anerkennung als »Leute«, die ihr Dasein auf körperlicher Arbeit gegründet haben, die, egal ob Männlein oder Weiblein, am Hof schuften mussten. Und wer hinlangen und zupacken kann, der verdient Respekt, der sich sogar beim jeweils anderen Geschlecht mit einem gewissen, nie überbrückbaren »Eigensinn« abfindet.

Da diese Gegend aber ebenso oft unter wittelsbacher wie unter habsburger Oberhoheit stand, haben sich in ihrer bäuerlich-ungeschminkten, anschaulichen Sprache einige höfisch barocke Wendungen niedergeschlagen, die den groben Duktus etwas aufpolieren. Die werden seltsamerweise bevorzugt von den händisch arbeitenden Klassen benutzt, die sich mit den Worten »Habe die Ehre!« begrüssen und mit »Servus!«, also »gehorsamster Diener« verabschieden.

Die Landschaft zwischen Donau und Inn, von der die Rede ist, bietet mit ihren Orts-, Hof- und Flurnamen nicht nur reichlich Anlass zu linguistischen Betrachtungen, sondern stellt auch einige Ansprüche an die Beinarbeit. Fürs Auge ist sie von durchaus abwechslungsreichem, kleinteiligem Liebreiz, was aus radlerischer Sicht darauf hinausläuft, dass kurze, steile Aufstiege – die meist auf dem grössten Ritzel enden – und jähe Abfahrten überwiegen. Ausserhalb der ebenen, leicht zu bebauenden Flussniederungen, wo die Höfe gross und die Bauern fett waren, wo sie Rösser hielten und zweispännig zur Messe fuhren, folgt ein Buckel auf den anderen, sodass, wiederum unter radlerischem Aspekt, eine gewisse Sinnlosigkeit sich einstellt angesichts des ewigen Bergauf-Bergab; beziehungsweise, der Sinn des Einen schien das Andere zu sein. Und obwohl die Böden auf und zwischen den Hügeln keinesfalls mager waren, war das bäuerliche Leben zuhinterst in den gerodeten Buckeln, wo es nur noch »Öd« oder »Grub« in einfacher oder zusammengesetzter Form heisst, nicht unbedingt behaglich. So passiert der Radler eben noch Klöster, Schlösser, stolze Kirchen und breit gelagerte Höfe, wo an Schmalz kein Mangel war, um nur wenig später in »Unterelend« oder »Ungnaden«, in »Giesübel«, »Rumpelstein« oder »Ofenschwarz«, in »Spitzmäusing«, beim »Mehltheurer oder »Siebzehnrübel«, im »Sausack« oder »Mauswinkel« auf die Kargheit und Mühsal der bäuerlichen Existenz hingewiesen zu werden.

Nun ist der Erich ein Radler, der sich zwar zuweilen am Berg gerne schindet, es aber durchaus nicht verachtet, an einem besonders einladenden Fleck anzuhalten: sei es, um die Blase vor einem schönen Panorama zu entleeren; sei es, um im Frühsommer die Kirschen am Weg zu kosten oder später im Jahr einen suchenden Blick auf bekannte Steinpilz-Plätze zu werfen; sei es, um in einen Weiher zu springen und beim Trocknen in der Sonne die Libellen zu beobachten und sich vorzustellen, wie gut es sich wohl anfühlen müsste, im Fliegen Liebe zu machen.

Radeln am Land, wie Erich es praktiziert, erscheint ihm wie eine Wanderschaft mit einer grazilen, leichten, schnurrenden Maschine, bergauf, bergab durch angenehme Landschaften, bei der er Zwiesprache hält mit Körper und Gemüt.

Die körperliche Unterhaltung beginnt vielleicht mit dem schmerzenden Sitzfleisch, das irgendwie besänftigt werden muss, setzt sich fort im Kampf mit dem Gegenwind, kreist um die Frage, ob die Luft bei der gegenwärtigen Übersetzung noch reicht. Sie macht dem Radler klar, was der Begriff des »besten Drehmoments« bedeutet, nämlich jene Trittgeschwindigkeit zu finden, mit der er aufgrund seiner physiologischen Bedingungen, etwa seiner Körperhebel und seines Gewichts, die geringste Kraft aufwenden muss. Diese Frequenz muss er dann versuchen, über die verschiedensten Bedingungen hinweg durch Schaltvorgänge beizubehalten. Vielleicht entdeckt der Radler auch die Verwandschaft zwischen dem Treten einer Kurbel und dem Steigen auf einer Treppe; oder er übt sich darin, freihändig, durch blosses Verlagern seines Gleichgewichts, Slalom zu fahren.

Die psychische Unterhaltung kreist naturgemäss häufig um den inneren Schweinehund, etwa an einem längeren Berg, und mündet ebenso regelmässig in Betrachtungen über dessen Auswirkung auf das ganze Leben. »Alles nur Psycho!« pflegte er sich infolgedessen zu ermuntern, wenn er beim Radeln oder im »wirklichen Leben« schlapp zu machen drohte.

Im Idealfall finden diese Selbstgespräche vor einer landschaftlichen Kulisse statt, in der jede Jahreszeit für Augen, Ohren und Nase ihren eigenen Reiz besitzt. Was allerdings die geruchliche Seite anlangt, so beflügelt den ländlichen Radler zwar zu gewissen Zeiten tatsächlich der vom Ferienprospekt versprochene Duft frisch gemähter Wiesen, zu anderen aber muss er sich durch endlosen Gestank von kürzlich ausgetragener Gülle und gährender Silage krampfen, der ihm den Magen umzudrehen droht. Sei´s drum! Mit etwas gutem Willen gibt es dennoch überwiegend Angenehmes zu entdecken: Selbst wenn der ländliche Radler nach der Arbeit nur eine kleine, unspektakuläre Runde um den Block fährt, sagen wir, an Tabor vorbei, an der Kreuzung nach Wolfschiessen, dann bergab nach Wald und von dort weiter nach Schnecking, schliesslich gegen einen leichten Ostwind auf ebener Strecke nach Frauentödling, dann jäh bergan auf Martinstödling und weiter bis zur Anhöhe vor Tillbach, um darauf den ungeteerten Weg nach Oberthambach zu nehmen und über Amsham die kleine Rundfahrt zu beenden, selbst dann kann es geschehen, dass er kurz vor dem Ziel unverhofft pausiert, weil er eine nie zuvor erblickte Abendsonne verabschieden muss, die, über einem breiten Prospekt von Hügeln, Wäldern und Wiesengründen mit eingestreuten winzigen Kühen wie eine gigantische kosmische Orange hinter dem westlichen Horizont versinkt.

Oder es ist ein winterlicher Föhntag, der ihn mitten in der Fahrt anhalten lässt, weil das ferne Gebirge ganz nahe gerückt ist und sich blau und weiss schimmernd auftürmt, während im Vordergrund vor seinen Füssen sich eine Aussicht auftut, als hätte einer der eben noch unter dem Schnee schlafenden Landschaft das weisse Federbett weggezogen und »Hallo, Aufstehen!« gerufen. Und siehe da! Tatsächlich war Leben unter der Decke gewesen: eine gefältelte Wald- und Wiesen-Szenerie mit verstreuten Einzelhöfen in frisch geputzter Buntheit; ein Himmel, der die Farben der triefnassen Flur zum Leuchten bringt. Das apere helle Grün von Wiesen und Wintersaat zeigt den Anflug hoffnungsvollen Spriessens; nass-braune Ackerfurchen überziehen die Buckel mit geometrischen Kamm-Mustern; die neuen Triebe des kahlen Laubholzes entlang der Bachläufe knospen violett, und im dunklen Immergrün der Fichtenschonung blitzen als weisse Inseln sporadische Versammlungen von Birken auf.

## 2. Motorische Reflexionen: Über verschiedene Arten der Fortbewegung

In unseren Zeiten erhöhter Mobilität, in denen Flugzeug und Automobil das Tempo bestimmen, erscheinen Fortbewegungsarten aus eigener Kraft, wie etwa das Laufen oder Radfahren, als ernstzunehmende Verkehrsformen immer weniger zeitgemäss. Zur Überwindung von Entfernungen erfordern sie körperliche Anstrengung und einen Mehraufwand an Zeit, und zum Transport von Gütern sind sie ohnehin ungeeignet, sodass sie in manchen Regionen hochentwickelter Verkehrstechnologie aus dem Strassenbild verbannt sind oder zumindest als abweichendes Verhalten betrachtet werden.

Wer dennoch heute in den wohlhabenden Weltgegenden seine Zeit mit solchen Formen der Fortbewegung, etwa dem Radfahren, vergeudet, tut dies nur noch im seltensten Fall aus Gründen der Armut: etwa weil er sich – wie der Obdachlose in der Stadt mit den Plastiktüten am Radl oder die alte Rentnerin am Land – eine schnellere oder bequemere Fortbewegung nicht leisten könnte. Nein, heutzutage ist das Radfahren zu einem Luxusgut, zu einer ökologischen Rechtfertigung geworden, zur Freizeitaktivität, welche die körperliche Mühe und den zeitlichen Mehraufwand dieser Art der Fortbewegung zugunsten anderer Ziele in Kauf nimmt. Eine Sonderstellung nimmt das Radfahren in der Stadt ein, wo es sowohl der körperlichen Ertüchtigung dient, als auch den Vorteil bietet, dem gestauten Kraftverkehr ökologisch korrekt ein Schnippchen zu schlagen.

Solche Gedanken gingen dem Erich durch den Kopf, wenn er sich mit seiner Tretmaschine auf den ländlichen Pisten seiner Wahlheimat fit zu halten suchte. Typen wie ihn konnte man im Alpenvorland – sei´s mit dem Fahrrad, beim Laufen oder auf Schiern – immer häufiger antreffen: Eine Spezies drahtiger älterer Herren, Amateure versteht sich, die sich in ihrer Uniformität nur nach Graden der Verbissenheit unterscheidet, mit der sie sich dem Alter und der Zeit entgegenstemmen.

Erich rangierte, so gemessen, inzwischen weiter unten, denn er begann, altersbedingt, bereits zu schwächeln – eine Tatsache, die er nicht länger vor sich selbst verbergen konnte. Ihn also treffen wir gerade an, wie er mit seinem gleichfalls betagten Strassenrenner die Anhöhe nach Windfurth emporkeucht, wo der Wind, wie der Name schon sagt, besonders kräftig über den nackten Hügel pfeift. Heut kam er bei strahlend blauem Himmel leider schneidend kalt von vorn – das übliche Hoch hier mit kaltem, kontinentalen Ostwind – und Erich ertappte sich bei der Frage, wieso es wohl Tage gebe, an denen einem der Wind beharrlich ins Gesicht bläst, und dann wieder andere, wo er einem geradezu unverschämt günstig gewogen war. (Diese Frage, das kam erschwerend hinzu, liess sich entweder vordergründig-metereologisch abhandeln oder im übertragenen Sinn aufs »wirkliche Leben« beziehen. Dann aber wurde es uferlos!) Nach einigen fruchtlosen Erwägungen über drehende Winde und/oder drehende Fahrtrichtungen, die ein solches Phänomen bewirken könnten, beschied er sich mit dem Unvermeidlichen: Aus radlerischer Sicht sollte man solche Tage, wo einem gegen alle Wahrscheinlichkeit der Wind sowohl auf dem Hinweg als auch auf dem Rückweg entgegenpfeift, einfach hinnehmen und nicht zergrübeln. Wahrscheinlich ist es so, dass da oben ein unsichtbarer atmosphärischer Zorro lauert, der nur darauf wartet, dass wir unsere Richtung ändern, um dann erneut, aus dem Nichts heraus, zickezack!, die Macht seiner scharfen Klinge an uns auszulassen.

Derart bei seinen Ausflügen mit Widrigkeiten kämpfend oder Annehmlichkeiten geniessend verknüpfte Erich die äusseren Erfahrungen von Wind und Temperatur, von Geruch und Geräusch, von Landschaft und Strasse mit den inneren von Kopf und Körper, man könnte auch sagen, er lernte vom Hintern und den Beinen her zu denken. Der Fahrradsattel war dabei gleichsam Mittler zwischen Kopf und Fuss, was ihm, wie er vermeinte, zu einem ausgewogenen Urteil bei seinen motorischen Reflexionen verhalf.

## 3. Früher Verkehr: Stadt

Motorische Reflexion, das hiess bei ihm zum Beispiel: Vom Sattel aus betrachtet war die Fortbewegung aus eigener Kraft zwar mühsam, aber gesund. Umgekehrt war's bei der Fortbewegung mittels fremder Kraft: die war zwar bequem und entlastend, aber auf Dauer ungesund. (Dies schien ihm nebenbei auch für die geistige Bewegung zu gelten.) Aber, so dachte er weiter, da die Fortbewegung mit Hilfe fremder Kraft heute unumgänglich ist, muss man möglichst die Vorteile beider Bewegungsarten nutzen und beider Nachteile vermeiden. Immerhin können wir Heutigen uns den Luxus leisten, zu fragen: wo kann ich ohne Einbusse meiner sogenannten Lebensqualität auf die fremde Kraft, etwa den Motor verzichten?

Mit dieser Sicht der Dinge bereitete es Erich keinerlei schlechtes Gewissen, sich seiner frühen Leidenschaft für alles motorisierte Fuhrwerk – insbesondere Automobile – zu bekennen, die ihren Ursprung in der zerbombten, von Amerikanern besetzten Stadt seiner Kindheit hatte und ihn bis heute still, aber stetig begleitete. Als Gegengewicht zu dieser liaison dangereuse hatte er rechtzeitig die Vorzüge der Bewegung aus eigener Kraft erfahren. Die liess ihn ja nicht nur die Mühsal, den Schweiss, die körperliche Anstrengung erleben, sondern auch die damit verbundene körperliche Lust: die Schwerkraft, die Fliehkraft herausfordern, springen, tanzen, hohe Geschwindigkeiten reaktionsschnell kontrollieren – all dies können rauschhafte Körpererfahrungen sein, welche die Mühe, die dahintersteckt, vergessen lassen. Neben diesen Erfahrungen, die er nicht missen wollte, versprach die Bewegung aus eigener Kraft aber auch grössere Unabhängigkeit und Selbstbestimmung, und dieses Argument zählte bei Erich nicht wenig.

Aber bleiben wir noch ein wenig beim Autofahren, stellvertretend für die Fortbewegung mit Hilfe fremder Kraft, bequem aber ungesund. Man könnte es als Wink des Schicksals verstehen, dass Erich ausgerechnet in der Stadt des Automobilpioniers Carl Benz aufwuchs, in der 1886 das erste Automobil über die Strassen gerollt war – und nebenbei auch noch das erste »Laufrad« und der erste Traktor, ein Lanz. Im zerbombten Nachkriegs-Mannheim betrachtete man den Carl Benz (und seine »Rheinische Gasmotorenfabrik«) noch als Einheimischen, zumal wichtige Produktionsstätten der Daimler-Benz AG immer noch hier angesiedelt waren.

Carl stammte zwar aus Karlsruhe und hatte auch die dortige Polytechnische Hochschule absolviert, bald darauf aber seinen Wohn- und Firmensitz ins geschäftige Mannheim verlegt, wo er sich als selbständiger Ingenieur niederliess und schliesslich mit der »Benz & Cie., Rheinische Gasmotorenfabrik Mannheim« die erste Automobilproduktion seiner Zeit betrieb. Die Stadt, in der er sich einrichtete, war damals in den 1880er Jahren schon zum Zentrum von Industrie, Handel und Binnenschiffahrt am Oberrhein aufgestiegen, mit grossen Häfen für den Warenumschlag, mit Fabrikschloten, Arbeiterbewusstsein und Sozialdemokratie. Die Bandbreite der industriellen Produktion, die Carl Benz hier vorfand, reichte vom Maschinenbau über die Elektrotechnik bis zur Chemie.

Diese Industriestadt mit den vielen rauchenden Schloten, dem Gestank, dem Lärm, dem Hämmern und Kettenrasseln war, man glaubt es kaum, einst einer schmucken, befestigten kurfürstlichen Residenz auf der grünen Wiese entsprungen. Zuvor hatten auf dem Zwickel zwischen Rhein und Neckarmündung höchstens ein paar Fischer gelebt. Das Heim eines ominösen Manno soll hier gestanden haben – wahrscheinlich eine Schilfhütte! Urkundlich erwähnt wird ein »Mannenheim« erstmals 766 n. Chr., eine Fischersiedlung.

Hauptstadt und Residenz der Fürsten von Kurpfalz war damals Heidelberg. Als Kurfürst Friedrich IV. von der Pfalz 1607 auf der äussersten Landspitze zwischen Rhein und Neckarmündung den Grundstein zu einer Festung samt angeschlossener Bürgerstadt legte, nahm der Aufstieg des Fischerdorfs Mannenheim zu einer Stadt seinen Lauf, die später sogar Heidelberg als kurfürstliche Residenz ablösen sollte.

Das war die Zeit, als Schiller im mannheimer Nationaltheater seine »Räuber« uraufführen konnte.

Im beginnenden Zeitalter des aufgeklärten Absolutismus hatte es der Fürst sich in den Kopf gesetzt, die einfachen Fischer mit den Errungenschaften aufgeklärter Vernunft zu beeindrucken, die er von den Franzosen importiert hatte, mit denen die Pfälzer seit ihrer flotten Lieselotte, allerdings ohne rechten Gewinn, herumpoussierten.

Zu diesem Zwecke hat Friedrich seinen Untertanen an Rhein- und Neckarstrand ein Wunderwerk französischer

»rationalité« vor die Aussicht gestellt, dass denen die Augen übergingen: Eine ganze Stadt aus der Retorte, strikt nach geometrischen Regeln entworfen, deren vernünftige bürgerliche Ordnung von der Rheinseite her durch ein imposantes Barockschloss überwacht wurde, das an Grösse seinem Vorbild in Versailles kaum nachstand.

Die Stadt selbst war eine künstliche, ursprünglich ringsum befestigte Anlage mit hufeisenförmigem Grundriss. Im Zentrum des Hufeisens kreuzten sich die beiden Hauptachsen und unterteilten mit ihren parallel geführten Seitenstrassen das ganze Gebilde wiederum in hübsche, vernünftige Quadrate, die mit einer Buchstaben-/Zahlenkombination bezeichnet, auch heute noch den Charme einer gelungenen Stadtplanung nach rationalistischen Grundsäzten ausstrahlen, in der sich die Bürger gerne und leicht zurechtfinden.

Den zu Beginn des 19. Jahrhunderts einsetzenden Aufschwung in Handel und Industrie hatte die Stadt zweifellos ihrer Lage zwischen den zwei grossen schiffbaren Flüssen Rhein und Neckar zu verdanken, eine Lage, die nicht nur in orografischer Hinsicht schon damals den Schnittpunkt oder Zusammenfluss zweier Achsen technologischen Erfindungsreichtums markierte: zwei frühindustrielle »silicon valleys«, wie man heute sagen würde. Auf der badischen Rheinachse lag die Ausbildung der Ingenieure in den Händen des Karlsruher Polytechnikums; auf der württembergischen Neckarachse war die Stuttgarter Technische Hochschule mit der vergleichbaren Aufgabe betraut. Auf beiden Achsen wurde damals an einem Selbstfahrer mit Verbrennungsmotor gearbeitet. Während allerdings Carl Benz noch in Karlsruhe studierte, übte sich am Neckar bereits ein gewisser Gottlieb Daimler in der hohen Kunst schwäbischer Maschinentüftelei – eine Tätigkeit, die den Schwaben offenbar so tief im Blut liegt, dass sie »Heiligs Blechle!« ausrufen, wenn sie Bewunderung ausdrücken wollen. Diese frühe Heiligung des Blechs an sich fand denn auch folgerichtig in den schnittigen Karossen von NSU, Porsche und Mercedes-Benz ihren Ausdruck: »Oh Lord, would You buy me a Mercedes-Benz! My friends all drive Porsches…..«

So kam es, kurz gesagt, dass der erste patentierte Motorwagen weder in Stuttgart, noch in Karlsruhe, sondern am Zusammenfluss der beiden Strömungen technischer Ingeniosität, im nordbadischen Industriezentrum Mannheim das Licht der Welt erblickte. Hier baute Carl Benz in seiner »Rheinischen Gasmotorenfabrik« 1885 eine Nasenlänge vor Gottlieb Daimler den ersten Selbstfahrer, einen dreirädrigen Kutschwagen mit Viertakt-Verbrennungsmotor, Vergaser und elektrischer Zündung, der 1886 auf Mannheims Strassen öffentlich bestaunt werden konnte, und den er im gleichen Jahr patentieren liess.

Es verdient, der politischen Korrektheit wegen, angemerkt zu werden, dass mit diesem »Benz Patent-Motorwagen« seine Frau Berta im Alleingang die erste Fernfahrt der Automobilgeschichte von Mannheim nach Pforzheim wagte. Die Sache war damals angesichts der minderen Qualität der Wege, der Spärlichkeit des Tankstellennetzes (getankt wurde an Apotheken), der Fragilität des Fahrzeugs und seiner geringen Geschwindigkeit von 16 km/h in der Tat ein Wagnis. Aber Berta erwies sich als geschickte Chauffeuse (»Heizerin«) und als erfindungsreiche Bordmechanikerin in einer Person, die das schlagzeilenträchtige Abenteuer zum erfolgreichen Abschluss brachte, indem sie den verstopften Vergaser mit ihrer Hutnadel (oder war es die Haarnadel?) reinigte oder einen gerissenen Antriebsriemen durch ihr Strumpfband ersetzte und so mit weiblicher Intuition das Vehikel männlicher Potenz immer wieder flott machte.

Aber zurück zur Stadt mit ihrer seltsam zwiegespaltenen Geschichte, die Erichs frühe Jahre prägte: In Mannheim also, gleich hinterm Neckarhafen, in der Untermühlaustrasse, war Erichs kleines Zentrum der Welt zu suchen. Dort hatte er seine ersten Wege und Strassen erkundet, dort wurde, im wieder erwachenden städtischen Nachkriegsverkehr, seine frühe Liebe zum Automobil geweckt, seine Leidenschaft für alle Arten motorisierter Fortbewegung. Dort nahm aber auch – wenngleich eher unauffällig – alten Fotos zufolge seine radlerische Laufbahn, also seine Fortbewegung aus eigner Kraft ihren Anfang.

Man sieht ihn da im zarten Alter von vielleicht fünf Jahren, angetan mit Matrosenbluse, kurzer Hose und hohen Schnürstiefeln mit Kniestrümpfen auf dem Dreirad munter einen Weg zwischen Schrebergärten und Ruinen entlang fahren. Des Weiteren sind auf diesem Bild die Rückseiten einiger gleichartiger Wohnblocks zu erkennen, die sich mit ihrer (auf dem Foto unsichtbaren) entgegengesetzten Giebelseite wie die Zinken eines Kammes an der bewussten Untermühlaustrasse aufreihten. Mit ihrer vorderen Schmalseite schauten diese Mietskasernen über die Strasse hinweg auf Bahngeleise und Neckarhafen, mit ihrer hinteren auf das ausgedehnte Schuttareal eines ehemaligen nationalsozialistischen Jugendheims.

Diese kasernenartigen Behausungen waren langgezogene dreigeschossige Wohnblocks, die, von der Strasse aus gesehen, auf ihrer linken Längsseite drei Eingange zu je sechs Wohnungen aufwiesen, auf ihrer rechten einen tiefer liegenden betonierten Streifen Innenhof, der zum Wäschetrocknen und Teppichklopfen diente und vom Kellergeschoss aus begehbar war, das auch die Gemeinschafts-Waschküchen und -Bäder beherbergte. Zwischen der Hofseite des einen und der Eingangsseite des nächsten Blocks erstreckte sich ein Grünstreifen, der von den Bewohnern kleingärtnerisch genutzt wurde.

In Richtung Mühlauhafen ging der Blick über Strasse und Bahngelände hinweg zu Kränen und Lastkähnen, fiel auf Schuppen und Kokshalden, auf Güterzüge, Rangierloks, Gaskessel und ähnliche Einrichtungen wiedererwachender industrieller Tätigkeit. Der Strassenzug direkt vor den Wohnblöcken war durch zwei Querstrassen begrenzt, die in den Hafen führten. An beiden Kreuzungen wartete ein Kiosk auf die Arbeiter, um ihnen anzubieten, was sie für ihre Pause brauchten: also in erster Linie Zigaretten, die auch einzeln verkauft wurden, oder Tabak; dann aber auch Getränke, Zeitungen, Brötchen, Wurst und Eis und all die kleinen Dinge des täglichen Bedarfs auch der Anwohner, die allerdings für grössere Einkäufe zur nahen Haltestelle der Strassenbahn sich begeben mussten, um über eine Neckarbrücke die zerbombte Innenstadt zu erreichen, in deren hölzernen Verkaufsschuppen zwischen den Ruinen das Angebot dennoch grösser war.

Der Verkehr auf der Untermühlaustrasse beschränkte sich in den ersten Nachkriegsjahren auf Fussgänger und Radler, allesamt angenehm unverfettete Gestalten, die bei Gelegenheit schwerere Lasten in Kinder- oder Leiterwagen transportierten. Was Automobile, also Pkw und Lastwagen anbelangte, so stammten die einheimischen Fabrikate – ebenso wie die wenigen Motorräder – zumeist aus Vorkriegs- und Kriegszeiten; doch es dauerte nicht lange, bis die ersten Exemplare einer Nachkriegsproduktion auftauchten. Zu letzteren zählte damals ein dreirädriges Transportfahrzeug mit einer geschlossenen Fahrerkabine für zwei Personen und einer offenen Pritsche dahinter, die vielleicht eine Tonne Zuladung fassen konnte. Mit einem solchen Gefährt, dem »Tempo – Matador«, wurde die Bevölkerung im Strassenhandel mit den lebensnotwenigen Gütern versorgt: Mit Kohle oder Koks in grossen Rupfensäcken, die sich der Fahrer, ein unheimlicher schwarzer Mann, auf die Schulter warf, zum ebenerdigen Kellerfenster trug und rumpelnd in die höllische Tiefe entleerte. Der Gemüsehändler benutzte die offene Pritsche als fahrende Warenauslage, der Lumpensammler als mobile Sammelstelle. Beide kündigten ihre Ankunft in der Untermühlaustrasse mit dem durchdringenden Geläut einer Handglocke und einem marktschreierischen pfälzer Singsang an, der auch noch die Fensterscheiben der hinteren Wohnparteien auf der Ruinenseite zum Klirren brachte.

»Lumpen, Alteisen, Flaschen, Papiiier!« sang der eine und versuchte dabei mit geschwollenen Halsadern seine Bimmel zu übertönen; »Frischer Spaaargel« oder »Neue Kartooofffel!« brüllte der andere. Dann wusste man im Umkreis zweier Wohnblocks, dass man ein paar Pfennig-Geschäfte tätigen konnte, indem man dem Sammler leere Flaschen brachte, oder dass man sein schmales Küchenprogramm mit günstiger, frischer Ware von den umliegenden Bauern und Gärtnereien erweitern konnte.

Jenseits des kleinen Horizonts der Untermühlaustrasse spielte in jenen Nachkriegsjahren für die Verkehrsbedürf-

26

nisse der Bevölkerung die Strassenbahn die wichtigste Rolle. Mit ihr fuhr der Mannheimer wochentags zur Arbeit und sonntags zum Ausflug in den Pfälzer Wald oder nach Heidelberg – sozusagen die damalige S-Bahn. (Natürlich verkehrte auf der Strecke Mannheim – Heidelberg auch noch die erste badische Eisenbahn überhaupt!) Fuhr er nach Heidelberg, etwa an einem schönen Sommertag, so pflegte er seine Jacke über die Schulter zu hängen und zur berühmten Ruine des ebenfalls pfalzgräflichen Schlosses hinauf zu steigen, das von den Franzosen so malerisch geschleift worden war. Unter leichtem Schnaufen oben angekommen, schaute man vielleicht zuerst in den kühlen, dunklen Schlosskeller, der, man glaubt es kaum, das grösste Holzfass der Welt beherbergt, um dann wieder auf die sonnige Terasse hinauszutreten, den weiten Ausblick von der Schlossterasse über die Heidelberger Altstadt hinweg ins Neckar- und ins Rheintal zu geniessen und sich unterm Sonnenschirm einen Schoppen zu gönnen. (Den gab es in jedem Fall, auch wenn man in die Pfalz nach Bad Dürkheim fuhr!)

Vor der Rückfahrt wurde der mannheimer Ausflügler vom heidelberger Bahnhofsvorsteher per Ausruf daran erinnert (denn meistens war es bei dem einen Schoppen nicht geblieben), in den hinteren Wagons Platz zu nehmen, weil nur die bis Mannheim durchfuhren. »Mannem hinne!« rief also der gute Mann, was zur Folge hatte, dass seitdem die Mannemer diesen wohlgemeinten Aufruf als Verspottung ihrer Stadt insgesamt zähneknirschend ertragen müssen.

Der motorisierte Verkehr auf den Strassen der Stadt beschränkte sich zu jener Zeit keineswegs nur auf Vorkriegs- und erste spärliche Nachkriegsmodelle aus eigener Produktion; aufregend war vor allem der Fuhrpark, den die amerikanischen Besatzungstruppen seit 1945 mitgebracht hatten. Deren Automobile zeugten in den Augen eines staunenden kleinen Jungen von einer schlechthin überlegenen Lebensweise. Während unsere Vehikel anfänglich zumeist noch als Kriegsveteranen dahergekrochen kamen, womöglich umgerüstet auf Holzvergaser, der bisweilen wie ein riesiger altmodischer Badeboiler das Führerhaus überragte, herrschte bei den Amis eine andere Dynamik. Die fuhren auf flotten Jeeps mit umgelegter Frontscheibe vor, Fahrzeuge für harte Typen, die zum Sprung entschlossen waren (und die man deshalb offensichtlich nur im Sprung besteigen oder verlassen durfte) und deren Fahrer, den linken Fuss in die Türöffnung gestemmt, lässig wie die Swing-Musik, die sie mitgebracht hatten, durch die ruinierten Strassen steuerten und meistens Lucky Strike, Kaugummi oder Schokolade in der Tasche hatten. Und Schwarze waren dabei! Und erst die Stassenkreuzer! Riesige Personenkraftwagen, mächtige Blechaufen mit futuristischer Formgebung, deren Neuartigkeit und kühne Eleganz Erich mit allen Fasern aufsog. Hier hörte er auch das erste Achtzylinder-Blubbern.

Für die älteren Kinder war der vordere Teil der Wohnblocks, die Strassenseite mit dem Hafengelände der beliebteste Spielplatz. Das Tummelfeld der jüngeren, die man den Gefahren von Strasse und Hafen noch nicht aussetzen durfte, beschränkte sich zuerst auf den Innenhof, der von den Fenstern aus kontrolliert werden konnte, danach auf das ausgedehnte Schutt- und Ruinenfeld auf der rückwärtigen Seite der Kasernen.

Im zementierten Innenhof, dem Zentrum des geschäftigen Treibens der Jüngsten, drehte Erich seine ersten Runden mit dem Dreirad; hier mischten sich noch die Spiele der Jungen und Mädchen, bevor beide ihrer eigenen Wege gingen. Gemeinsam betrieben sie also das Seilspringen, das Hüpfestein-Spiel, Prellball gegen die Wand. Auch das Murmelspiel, »Klickern« genannt, Völkerball und Versteckspielen (bei dem der Suchende mit abgewandtem Gesicht auszurufen hatte: »Eins, zwei, drei, vier Eckstein, alles muss versteckt sein, vorder mir, hinter mir, eins zwei drei ich komme!«) wurde noch einvernehmlich von beiden Geschlechtern betrieben; und wenn die Mädels, wie sonst nur die Buben, sich ebenfalls trauten, an den Teppichstangen kopfunter zu hangeln, so fielen ihnen die Röcke über Kopf und Zöpfe und legten in kindlicher Ungeniertheit ihre Höschen bloss.

Diese Spiele fanden in den Schutthalden auf der Rückseite ihre Fortsetzung. Die waren mit Kamille, Königskerzen und Winden bewachsen und boten mit Höhlen und halb verschütteten Kellergewölben manch trauliches und uneinsehbares Plätzchen. Dort fand jene kindliche Unschuld – falls sie jemals existierte – ihr jähes Ende, als mit der Nachbarstochter vom gleichen Stockwerk die ersten Doktor-Spiele stattfanden. Wenn Erich sich recht erinnerte, war der Vorschlag, die Hüllen fallen zu lassen, durchaus von ihr ausgegangen: »Zeigst du mir deins, zeig ich dir meins!« Das tat er denn auch. Aber schon damals hatte er das Gefühl, in einen verbotenen Apfel zu beissen, allein schon deshalb, weil er eigentlich garnicht mit ihr spielen sollte, was seine Grosstante Nana mit dem hygienischen Argument begründete: »Die lässt ja ihre Rotznase aufs Musebrot laufen!« Das war ihm zwar selbst schon als eine gewisse Beeinträchtigung ihrer Attraktivität aufgefallen, aber Informationen über den rätselhaften Wesenskern des anderen Geschlechts waren hundertmal wichtiger als eine Rotznase, die von seiner Grosstante eh nur vorgeschoben war. Die sah die Gefahr, der ging es auch um Standesunterschiede, war doch jene Nachbarstochter in einem proletarischen Gewimmel von Geschwistern aufgewachsen und offensichtlich ein erfahrenes Luder.

Apropos Nase: Meistens roch es in der Stadt, und damit auch in seinem Viertel, nach Chemie: Westwind hiess BASF, volkstümlich immer noch »die Anilin« genannt, wo auch nach dem Krieg in grösseren Abständen eine dumpfe Explosion oder seltsam stinkende Wolken die Bevölkerung in leichte Unruhe, wenn auch nie in Panik, versetzten – da war man Schlimmeres gewohnt! Ostwind dagegen hiess Zellstoffwerk Waldhof, wo trotz des penetranten Gestanks die chemischen Reaktionen in eher geordneten Bahnen zu verlaufen schienen. Diese geruchliche Grundtönung der gesamten Stadt wurde überlagert von der duftlichen Kleintopografie der Viertel und Strassen; im Falle seines Treppenhauses in der Untermühlaustrasse vom säuerlichen Armeleutegeruch aus Kinderpisse und Kohl. Gegen diese olfaktorische Zumutung pflegte sich seine Grosstante mit »Eau de Cologne« und »Tosca« von 4711 zu wappnen – für Erich eine ebenso eindringliche Geruchserinnerung wie der Duft ihrer roten Seife, die er sich heute noch zu kaufen pflegt.

Der vorherrschende klimatische Eindruck der Stadt war für Erich die sommerliche Hitze der grossen Ebene zwischen Rhein und Neckar, waren niedergelassene, ausgestellte Rollläden vor weit geöffneten Fenstern, die Schatten und Lüftung spendeten in einem Klima, das rings um die Stadt

Tabak, Spargel, Pfirsiche, Esskastanien und Wein gedeihen liess. Oder es war der Geruch eines abendlichen Sommerregens, dessen Wärme die Körpergrenzen zwischen Innen und Aussen verschwimmen liess; der die Glätte des Aspalts und der darin eingelassenen Geleise noch weiter steigerte und spiegelte und mit seiner verdampfenden Feuchte die Linden zu nächtlichem Duften brachte. In jenen Jahren, war es nicht 1949?, wurde der städtische »Verein für Rasenspiele« zum ersten und einzigen Mal deutscher Fussballmeister.

Sie wohnten im ersten Stock, »à la coté des ruines«, seine Mutter, seine Grosstante und er. Die Wohnung bestand aus Küche, zwei Zimmern und nachträglich eingebautem Bad, wobei das Leben sich im Wesentlichen in der Küche abspielte: Waschen, Essen, Lesen, Radiohören, Spielen, alltäglicher Besuch. Im Erdgeschoss darunter wohnten Onkel Ludwig, ein Bruder seiner Grosstante, und Tante Anni, seine Frau. Die beiden teilten ihre Wohnung noch mit Annis unverheirateter Schwester, Tante Marie (Betonung auf der ersten Silbe). Onkel Ludwig (sprich: Ludwisch) war ein mittelgrosser, schlanker Mann mit schmalem Gesicht und grosser Nase, der »beim Benz«, das heisst in einer Mercedes-Benz – Werkstatt als Mechaniker und Fahrer arbeitete. Erich sass gerne unten in der Wohnung, denn Onkel Ludwig war das einzige Mannsbild in seiner nächsten Umgebung, das ihn gern hatte, mit ihm spielte und sich mit Autos auskannte.

Er erinnerte sich lebhaft der wohligen Geborgenheit vieler Sonntagvormittage, wenn Onkel Ludwig unten in der Küche seine Rasur zelebrierte. Dabei lief der Radioapparat; und da Erichs Mischpoke von lebhaftem, sangesfreudigem

Schlag war, begleiteten insbesondere seine Tanten alle damals gängigen Opernarien und Operettenschlager mit einer stimmlichen Koloratur, die den Originalton aus dem Äther verblassen liess.

Die Küche war geheizt, das Mittagessen garte schon langsam und verheissungsvoll duftend auf dem Gasherd, und der Topf mit heissem Wasser war fertig. Onkel Ludwisch, in Unterhemd und Hosenträgern, setzte sich aufs Sofa hinterm Küchentisch neben den Radioapparat, tauchte den Pinsel in den Blechnapf und begann sich einzuseifen und zu schaben, während Erich von nebenher fasziniert zuschaute. Dies waren für ihn die Momente tiefsten häuslichen Friedens, wenn die Rasierschaum-Inseln mit den Barthaar-Resten im Blechtopf auf dem Küchentisch schwammen, das Mittagessen duftete, und Onkel Ludwig ihm nach der aufwendigen, doch offensichtlich genussvollen Prozedur des Rasierens als besonders schöner und gepflegter Mann erschienen war.

Es konnte nicht ausbleiben, dass in des Lieblingsonkels Umfeld Erichs Autoleidenschaft weiteren starken Auftrieb erhielt. Er erinnerte sich, dass er bereits lesen und passabel zeichnen konnte, bevor er zur Schule kam; und da sein verschwundener leiblicher Vater, wie er erst später erfuhr, Kunstmaler war, sprach man natürlich von Vererbung. So warf er mit sechs, sieben Jahren die schönsten Mercedes-Benz-Modelle aufs Papier: Lange Motorhauben mit seitlichen Kühlschlitzen und elegant geschwungenen Kotflügeln; zuerst den 170 V, dann den 170 S und schliesslich das S-Cabriolet, alle mit genauen Unterscheidungsmerkmalen und schnittiger Perspektive. Er kannte in dem Alter alle Auto- und Motorradmodelle, einschliesslich der Ami-Schlitten, die in der Stadt herumfuhren, ob sie nun

Schduddebakker oder Scheffrolett hiessen. Und er konnte selbstverständlich einen Zweitakter, zum Beispiell DKW, von einem Viertakter unterscheiden, was seine Verwandschaft in übertriebenem Stolz zu Kommentaren hinriss wie: Der Bub kennt jedes Auto bloss vom Hören! Das glaubt unsereins ja garnicht!

Er entsann sich deutlich seines Lieblingsspielzeugs in jenen Jahren, eines vielleicht fünfzehn Zentimeter langen, irisch-grünen Schuco-Roadsters mit roten Sitzen, der, mit Schlüssel und Feder aufgezogen, sich mit dem Ganghebel auf Vorwärts- oder Rückwärtsfahrt einstellen liess; mit einem Lenkrad, das über eine veritable Zahnstangen-Lenkung die Vorderachse steuerte und unabhängig aufgehängten Vorderrädern – heute für Liebhaber wahrscheinlich Hunderte von Euro wert. Den nahm er, wie andere Kinder ihren Teddybären, mit ins Bett und lenkte ihn mit Gebrumm, das Motorengeräusch imitierend, um sein Kopfkissen herum. Wo der wohl geblieben war?

## 4. Die weitere Mobilitätskarriere: Land und Stadt

Nach dieser ersten Bekanntschaft mit dem wiedererwachenden städtischen Verkehrswesen der Nachkriegszeit, verschlug es Erich P. im Alter von zehn, elf Jahren in die ländliche Abgeschiedenheit. Dort zeigt ihn ein weiteres Schwarzweiss-Foto auf einem alten Herrenfahrrad, dessen Vorderradbremse aus dem bewussten Gummiklotz bestand, der vermittels eines Hebels am Lenker von oben auf den Vorderreifen niedergepresst wurde; ein Bremssystem, das zwar eindrucksvolle Geräusche, aber kaum eine Verzögerung des Vehikels erzeugte. (Für die sorgte eine Rücktrittbremse.) Dafür war es solide und sicherheitstechnisch bestens ausgestattet mit Dynamo, Vorder- und Rücklicht, Kettenschutz und Gepäckträger, alles nutzliche Utensilien, die sein heutiges Fahrrad der Gewichtsersparnis geopfert hatte.

Hier am Land erhielt seine Bewegung aus eigener Kraft erst den rechten Auftrieb. Die abwechslungsreiche Natur seiner neuen Umgebung lud sommers wie winters zu vielfältigen körperlichen Aktivitäten ein, die im städtischen Verkehr zu kurz gekommen waren: Laufen, Klettern, Kicken, Schwimmen, Schi- und Radfahren. In der Schule kam der Sport dazu, der ihm bald als das beste Mittel erschien, sich unter seinen männlichen Geschlechtsgenossen zu behaupten und den Mädels zu imponieren. In diese Zeit fiel dann das erste neue Fahrrad: Silbern und grün-metallisch lackiert, mit Dreigang-Nabenschaltung und Felgenbremse, trug es zu einer deutlichen Erweiterung seines Bewegungsradius bei.

Zur gleichen Zeit aber war das Wirtschaftswunder in Form des ersten Käfers mit der geteilten Heckscheibe über seine Familie hereingebrochen, das eigene Automobil stand vor der Tür, glänzendes Symbol wiedergewonnener Freiheit, die für die Westdeutschen vor allem Bewegungsfreiheit bedeutete. Seine Adoptiveltern und er gehörten damit zur Vorhut einer erneuten, diesmal aber nur zyklisch-temporären teutonischen Invasion der cisalpinen Meeresstrände, die im Gegenzug, bei ihrem periodischen Rückfluten in die transalpine Hartlebigeit, bauchige Chianti-Flaschen, Pastaschuta, Espresso-Kannen aus Aluminium, den Kicker-Automaten und schliesslich Gastarbeiter mit sich schwemmte.

Unter diesen Bedingungen verlor das Radeln an den Bodensee an Attraktion, zumal der eigene Führerschein in greifbare Nähe rückte.Der war damals in der ländlichen Kreisstadt – einige illegale Fahrübungen mit dem elterlichen Auto vorausgesetzt – mit allem Drum und Dran für 200 D-Mark zu haben. In der ersten Stunde Fahrpraxis ging es gewöhnlich über Land; in der zweiten wurde mit Hilfe von vier Vorfahrtsstrassen und zwei Ampeln Stadtverkehr geübt. In der ersten Stunde sagte der Fahrlehrer: »Jetzt zeig mal, wie du fahren kannst«, und kurz darauf: »Nicht so schnell!« In der zweiten, beim Einparken, das bekanntlich jeder Junge einige Jahre lang mit seinem Spielzeugauto geübt hat, gab es erwartungsgemäss keine grösseren Probleme und entsprechend locker verlief dann auch die praktische Fahrprüfung.

Nachdem er die ersten zwei Jahre seines neuen Führerscheins, unter anderem als Pilot eines sportlichen, wenn auch sehr gebrauchten BMW 700 Coupés, wider Erwarten glücklich überlebt hatte, kehrte Erich ins städtische Milieu zurück, um zu studieren. Nun prägten schon die Kraftfahrzeuge aus eigener Produktion das Strassenbild; die Strassenbahn hatte sich in den zehn Jahren seither allerdings wenig verändert. Die Dienstleistungen der öffentlichen Verkehrsbetriebe waren damals immer noch personalisiert und nicht, wie heute, hinter anonymen Automaten verschwunden. Immer noch fuhren im Heidelberg der frühen sechziger Jahre Wagen mit offenen Plattformen, sodass man auf den langsamen Abschnitten der Altstadt zwischen gellend kreischenden Schienenkurven und gemütlichem Dahinbimmeln auf- und abspringen konnte, ohne den Schaffner bemühen zu müssen, der in jedem Wagen des Zuges auf zahlende Kundschaft wartete – eine ähnlich notwendige sportliche Übung der aufmüpfigen studentischen Jugend, wie später der politisch legitimierte Ladendiebstahl in den städtischen Konsumtempeln.

Ausser dem Verkauf von Fahrscheinen oblag dem Schaffner damals, dem Fahrer im Triebwagen das Signal zum Anhalten oder Abfahren durch analog-akustische Verfahren mitzuteilen.Wenn also alle Fahrgäste an der Haltestelle ein- oder ausgestiegen waren, pflegte zuerst der Schaffner im Hänger einen Klingelzug zupfen, der sich in Gestalt einer ledernen Schnur, unter Umgehung der Halteschlaufen für die stehenden Passagiere, über die gesamte Decke des Wagons hinzog. Das Läuten, das von hinten die Fahrt frei gab, hörte dann sein Kollege im Triebwagen, worauf er seinerseits die Klingel zog und so dem Fahrer unmissverständlich den Weg freigab. Der

Fahrer endlich, auch nicht faul, betätigte erst ein-, zweimal seine Fussglocke, um die Fussgänger auf den Geleisen zu warnen, ehe er die Kurbel seines Transformators drehte. Das Signal zum Anhalten wurde dem Fahrer auf die gleiche Weise gegeben.

Während der Fahrt musste sich dann der Schaffner durch die Menge der sitzenden und stehenden Reisenden zwängen und unter unablässiger Wiederholung eines melodischen Mantras: »Noch jemand ohne Fahrschein?« (etwa: dum didldidl dumedumdim?) Billets gegen Bargeld tauschen. Zu diesem Zweck trug er vor Brust und Bauch einen breiten Gurt mit einer Tasche fürs Fahrscheinheft und einem manuell betriebenen Wechselgeld-Automaten: Eine Art Pan-Flöte aus unterschiedlich dicken, silbern glänzenden Röhren, die auf Hebeldruck Mark- und Pfennigstücke ausspuckten; ein mechanisches Wunderwerk des vorelektronischen Zeitalters, das in Erichs Augen die dienstliche Autorität stärker unterstrich als jede Uniform.

Mit einem weiteren Umzug in die Mainmetropole endete für Erich die Zeit des behäbigen öffentlichen Nahverkehrs. In der Stadt, die dem Schicksal einer deutschen Hauptstadt zweimal knapp entgangen war, besassen die Strassenbahnen in den späten sechziger Jahren schon längst pneumatisch betriebene Türen, die vom Fahrer betätigt wurden und somit die innerstädtische Bewegungsfreiheit für jeden einigermassen sportlichen jungen Menschen beträchtlich einengten. Ob das mit ein Grund dafür war, dass die Studenten damals auf die Strasse gingen, sei dahingestellt. Er jedenfalls hatte sich in Frankfurt, wie so viele andere, mit dem damals am Main grassierenden bacillus critico-dialecticus infiziert, der bekanntlich bei seinen Opfern eine krankhafte Verschiebung ihrer Sicht der Welt hervorruft, die so gut wie immer einen chronischen Verlauf nimmt.

Das Resultat jener Infektion war in Erichs Fall, dass er noch in reifem Alter der Ansicht ist, die Welt sei keinesfalls eine kontinuierliche und vorhersagbare Veranstaltung, sondern baue sich auf und bewege sich fort in Widersprüchen, die zusammengehören; in Pendelschlägen, Wellenbewegungen und Quantensprüngen. Kontinuität und Vorhersagbarkeit herrscht in Erichs Vorstellung bestenfalls zwischen den Sprüngen oder Ebenenwechseln; sie bestimmt das Geschehen nur so lange, bis Quantität in Qualität umschlägt – wie das Pendel, das am Ende seines Weges wieder umkehrt. Von diesen Zwischenphasen gleichmässiger, extrapolierbarer Entwicklung abgesehen war das Leben in seinen Augen von grundsätzlich sprunghafter Natur: Eine bestenfalls vorläufige Ordnung und scheinbare Sicherheit, die immer wieder von Verwerfungen durchbrochen wird, die den Ablauf im Ganzen unvorhersagbar machen – schon die Saurier hatten das erfahren müssen. Gegen eine solche Welt sich versichern zu wollen hielt er für Hochmut oder Dummheit.

Nach den Studienjahren am Main erreichte Erichs Karriere städtischer Betriebsamkeit an der Waterkant ihren vorläufig letzten Höhepunkt. Als aber ein Jahrzehnt intensiven Verkehrs zwischen Hafen und Fischmarkt, Kiez, Fabriklofts und Villen die Revolution der Verhältnisse keinen Schritt näher gebracht hatte, war der Ausstieg aus ihnen eine naheliegende Konsequenz. Damals entschieden sich er und seine Freundin zu einem Lebensentwurf höchster Mobilität, indem sie sich in einem ausgebauten 7,5 t – Hanomag unter die Fahrenden ohne festen Wohnsitz mischten und aus dem deutschen Herbst flüchteten, bis schliesslich ihr Gefährt nach zweijähriger Kreuzfahrt im Hinterland eines eigensinnigen Volkstammes keltisch-römisch-germanischen Ursprungs strandete, den sogenannten Boiern, die bekanntlich nichts mehr fürchteten, als dass ihnen der Himmel auf den Kopf oder die Fliege in den Bierkrug falle. Dort erweiterte Erich sein Repertoire körperlicher Bewegung, indem er seine Hände zu gebrauchen lernte – was ihm zwar das glückliche Gefühl gesteigerter Unabhängigkeit, aber wenig materiellen Erfolg eintrug. You can't have the Cake and eat it! Da ihm so selbst im vorgerücktem Alter neben Hirnschweiss immer noch ein gewisses Quantum Körperschweiss abverlangt wurde, war das Radeln nur eine weitere Übung, um in Form zu bleiben.

## 5. Die Grundsatzfrage: Sich selbst bewegen oder sich bewegen lassen?

So hatte sie also ausgesehen, die persönliche Bewegungsgeschichte oder Mobilitätskarriere des Erich P..

Er hatte sie zurückverfolgt und dabei seine Leidenschaft für die motorisierte Fortbewegung, symbolisch das Automobil, mit seinem Drang zu körperlicher Bewegung, stellvertretend das Radfahren, verglichen. Sicherlich ist die Unterscheidung von Bewegungen in solche, die aus eigener und solche, die mittels fremder Kraft erfolgen, nicht das einzige, aber doch ein gewichtiges Kriterium. Naheliegend ist es zumindest aus der Perspektive eines Radlers, der an der Steigung keucht und in solch unpassendem Moment von einem Autofahrer lässig überholt wird. Deshalb also, weil der vom Sattel her denkende Mensch, wie der Erich einer war, nicht umhin kann, in seine Sicht der Welt auch die Muskelarbeit mit einzubeziehen, ist ihm die Unterscheidung zwischen den beiden Bewegungsformen wichtig.

Wenn es allerdings nicht um die eigene, sondern um eine beobachtete Fremdbewegung geht, ist die Unterscheidung manchmal gar nicht so einfach: Sehen wir ein Auto vorüberfahren oder ein Flugzeug über uns hinziehen, ist die Sache klar: Das Ding bewegt sich aus eigener Kraft! Sehen wir ein Segelboot: Das Ding bewegt sich mit Hilfe fremder Kraft. Sehen wir einen Schifahrer den Hang hinab fahren: Das Ding bewegt sich mit einer Mischung aus beiden. Könnten wir allerdings i n das fahrende Auto, den Zug, das fliegende Flugzeug hineinschauen und die Passagiere erkennen, so würden wir unzweifelhaft Körper sehen, die mehr oder weniger bewegungslos in ihren Sitzen ruhen, während sie doch gleichzeitig mit rasender Geschwindigkeit durch den Raum bewegt werden. Was soll man zu diesen Untoten, diesen Zoombies, diesen bewegungslos Bewegten sagen? Sicher nur dies: sie bewegen sich nicht mittels ihrer eigenen Kraft durch den Raum, sondern haben sich die Kraft dafür geliehen, besser gesagt: gekauft. Diesen Widerspruch zu beklagen hatte Erich allerdings keinen Anlass, schlüpfte er doch selbst von Zeit zu Zeit in diese Rolle.

Dennoch hatte die Fortbewegung aus eigener Kraft für Erich auch mit einer höheren Selbstbstimmung in der Nutzung von Raum und Zeit zu tun – wenn gleich sie auf Kosten eines verminderten Tempos ging. Für den Läufer oder Radler, das hatte er genugsam erfahren, wird die Zeit durch die eigenen motorischen Rhythmen getaktet, was nichts anderes heisst, als dass er sich so seine eigene Zeit macht. Lassen wir uns dagegen von einer fremden Kraft bewegen, etwa vom Motor eines Automobils, so schien es Erich, als takteten die Kolben und die Umdrehungen der Kurbelwelle den Fluss unserer Zeit. So kommen wir zwar schneller voran, sind aber im strengen Sinn nicht mehr Herr unserer eigenen, sondern Sklaven einer fremdgemachten Zeit.

Bis hierher also war Erichs Beschäftigung mit dem Thema »Bewegung« gediehen. Nun lässt sich die Bewegung eines materiellen Objekts naturwissenschaftlich-nüchtern als ein

Ereignis bezeichnen, das Raum und Zeit benötigt, um sich zu manifestieren.(Wahrscheinlich, überlegte Erich weiter, kann man diese materielle Sehweise auch für die geistige Bewegung heranziehen, für unser Wahrnehmen, Fühlen und Denken, das ja ebenfalls seine Wurzeln im Materiellen hat, wenn wir etwa an den Fluss elektrischer oder chemischer Signale auf den neuronalen Bahnen denken.) Zugleich kann man aber aus dieser nüchternen Beschreibung auch viel weitergehend ableiten, dass »Bewegung« grundsätzlich mit Leben, »Erstarrung« oder Bewegungslosigkeit hingegen mit Tod gleichzusetzen sei – ein Gleichnis, das uns das Wasser alltäglich vor Augen führt, wenn es sich bei Beschleunigung seiner molekularen Bewegung in Dampf verflüchtigt, bei deren Verlangsamung in starres Eis verwandelt. Das erstarrte, vielleicht tote Objekt ist dann zunächst räumlich noch vorhanden, doch bereits aus der Zeit gefallen (denn wo wir keine Bewegung, keine Veränderung, keine Ereignisse wahrnehmen, verfliesst keine Zeit). Später, wenn es verwest oder gefressen ist, und sich in die immaterielle Energie zuückverwandelt hat, die es einmal war, wird es auch aus der dreifachen materiellen Dimension des Raums gefallen sein.

Was allerdings die Objektivität unserer Maßeinheiten von Zeit und Raum anlangt, so hatte Erich schon früh seine Zweifel: Als materielle, das heisst zugleich: als räumlich und zeitlich begrenzte Wesen haben wir uns doch offensichtlich die Ideen von »Raum« und »Zeit« nach unseren eigenen Maßstäben geschaffen. Das soll heissen: wir unterteilten die Unendlichkeiten von Raum und Zeit ursprünglich nach unseren eigenen Lebensbedingungen und -bedürfnissen. Als räumlich begrenzte Wesen nehmen wir einen gewissen

Raum in Anspruch und bewegen uns in ihm. Also messen wir den Raum und teilen ihn ein nach unseren eigenen Dimensionen: eine Elle, ein Fuss, tausend Schritte. Als zeitlich begrenzte Wesen haben wir ebenfalls einen Anfang und ein Ende, nehmen also eine gewisse Zeit ein und bewegen uns in deren Verfliessen. Also messen wir auch die Zeit und teilen sie nach unseren Maßen ein: nach Herzschlägen oder Atemzügen, nach Lebensjahren oder Generationen.

Diesen menschlichen Unterteilungen von Raum und Zeit vorausgegangen sind jedoch bereits die physikalischen Bedingungen unseres lokalen Sonnensystems. Die trafen die grundsätzlichen Entscheidungen über die Einteilung von Raum und Zeit auf unserem Planeten schon vor allem höheren Leben, das er noch hervorbringen sollte: nämlich durch die Erzeugung periodischer Ereignisse, wie etwa den Wechsel zwischen Tag und Nacht. Das waren vorgegebene gewichtige Takte im Fluss der Zeit, die für alle Organismen von Bedeutung fürs Überleben waren und ihren Lebensrhythmus bestimmten.

Von Zeit und Raum haben wir also offenbar nur Vorstellungen, die von unserer menschlichen Situation hier auf Erden, von unserem Überlebenswillen erzeugt sind. Das Ding an sich, das heisst in diesem Fall: die »wahre Natur« von Zeit und Raum, bleibt uns unerkennbar, verborgen. Was bleibt, sind unsere Vorstellungen davon.

# 6. Mobilität

Beim Stichwort »Mobilität« geht es nicht nur um Bewegung als materielle Erscheinung. Die verstärkte Mobilität, die heute wieder propagiert wird, hat sowohl einen körperlichen als auch einen geistigen Aspekt. Ein Mehr an geistiger Beweglichkeit schien Erich eine durchaus angemessene Forderung angesichts einer überalteten und damit ängstlichen und sicherheitsbedürftigen Gesellschaft, die ihrer ganzen Natur nach zu Starrheit neigt, und die sich zusätzlich eingeschnürt hat in ein Korsett extremer bürokratischer Reglementierungswut.

Was allerdings die körperliche Mobilität betraf, so schien ihm eine weitere Steigerung – es sei denn zu extraterrestrischen Zielen – kaum vorstellbar. Schon jetzt können wir doch unsere Körperlichkeit in einem halben Tag auf die entgegengesetzte Seite des Globus verfrachten; muss es noch schneller gehen? Schon jetzt war dank der elektronischen Kommunikationsmittel eine Reise rund um die Welt in Ton, Bild, Farbe, Dreidimensionalität und Jetzt-Zeit möglich, welche die leibliche Präsenz der Kommunikationspartner insgesamt überflüssig macht.

Erich schien es, als würde unter dem Schlagwort »Mobilität« die Bewegung zum Fetisch erhoben, zu einem Gegenmittel gegen alle möglichen gesellschaftlichen Gebrechen, gleichermassen geeignet für Jung und Alt beiderlei Geschlechts. Diesem Kult um die Bewegung und Beweglichkeit huldigen wir heute auf zweierlei Art: Als Körperkult, der mit der Bewegung aus eigener Kraft auch den geschmeidigen jungen Körper im sportlichen outfit feiert: und als Maschinenkult, der die Fortbewegung mittels fremder Kraft vergötzt. Auf der einen Seite faszinieren uns die glänzenden Vehikel modernster Technologie, die uns eine immer schnellere und bequemere Fortbewegung zu Lande, zu Wasser und in der Luft versprechen; andererseits pflegen wir einen körperlichen Bewegungskult, der den Sportler zum Idol erhöht.

Diese beiden Abarten des modernen Bewegungskultes haben in der Brust des deutschen Durchschnittsmannes ihren Niederschlag gefunden als eine weithin verbreitete, nennen wir es »Schwäche« für Technik und Sport. Autos und Fussball sind die Themen, die jeden deutschen Mann interessieren, über die er mitreden können muss, und der Erich machte da keine Ausnahme. Allerdings hinderten ihn die Widersprüche, die dieser doppelte Kult der Bewegung selbst erzeugte, sich für die eine oder die andere Richtung zum Narren zu machen: Die Autobahnen sind ja doch meist verstopft, kosten mittlerweile Maut und der Treibstoff ist unerschwinglich teuer geworden; unsere Kinder werden immer fetter, und für den Fussballprofi ab fünfunddreissig bedeutet in der Regel jede körperliche Bewegung nur noch Schmerz.

Was nun die körperliche Mobilität im Sinne von Fortbewegung durch Raum und Zeit betrifft, so war die alte Welt bis auf unsere Tage nicht gerade bewegungsfaul. Sie veranstaltete Völkerwanderungen und Kreuzzüge; sie produzierte Heere von Flüchtlingen; die Entdeckung »neuer Welten«

durch die Seefahrt, Handelsrouten und Forschungsreisen geht auf ihr Konto; ebenso die ersten Postkutschen, das erste Fahrrad des Freiherrn von Drais, die erste Eisenbahn und schliesslich auch der erste Selbstfahrer, das Automobil, dessen wir Deutschen mit besonderer Verehrung gedenken. Auch an der Eroberung der Luft war der alte Kontinent noch führend beteiligt.

So kam es, dass das alte Europa zum Zweck der Fortbewegung von Körpern, Waren und Informationen wie kaum ein anderer Fleck auf dem Globus von einem engmaschigen Netz von Verkehrsadern, von Strassen, Schienen, Schiffahrtswegen und Luftkorridoren überzogen wurde, über das sich neuerdings, auf höherer Ebene, ein noch viel dichteres Netz von Funkfrequenzen, von Kanälen symbolischer Mobilität spannt.

Wenn auch nach Erichs Ansicht Bewegung gleichbedeutend mit Leben war, so schien ihm doch die heute zu beobachtende erhöhte körperliche Mobilität, der immer schnellere und häufigere Transport von Menschen und Waren über grosse Entfernungen hinweg, nicht unbedingt ein Zeichen gesteigerter Lebendigkeit zu sein. Spätestens dann, wenn der Verkehrsfluss in den grossen gesellschaftlichen Blutgefässen ins Stocken gerät und der Infarkt droht, wenn der Motor im Stand zu überhitzen beginnt, das Mobilitäts- und Freiheitsversprechen der Werbeindustrie sich als Bauernfängerei herausstellt, dämmert uns, da wir das Ganze ja sportlich betrachten sollen, dass wir wieder mal ein Eigentor geschossen haben.

Für jedes nichtige Geschäftchen düsen wir wie die Irren durch die Weltgeschichte und verschleudern Energie; oder wir verschieben Güter um die halbe Welt, um sie anschliessend wieder bei uns einzuführen, weil der erstrebte Wertzuwachs in den Entwicklungsländern kostengünstiger zu erzielen ist, als bei uns.

Auch wenn die nackte Kostenrechnung uns suggeriert, solche globalen Transaktionen seien wirtschaftlich vernünftig, das heisst: rentabel, und es diene beiden Seiten, wenn wir Produktionslinien in Niedriglohnländer verlagern, können einen manchmal Zweifel an der Sinnhaftigkeit solchen Tuns anwandeln. Diese Art von Mobilität hat etwas von blindem Aktionismus an sich, ebenso wie der moderne Massentourismus, wo der Reisende zwecks kurzfristiger Verlagerung seiner leiblichen Hülle in ein angenehm klimatisiertes Ghetto um die halbe Erde fliegt. Ist dieses rasende Durchmessen von Raum und Zeit nicht oftmals schiere Ersatzhandlung, die Leben nur vortäuscht?

Diese Frage erschien ihm keineswegs müssig, wenn er an den merkwürdigen Widerspruch dachte, dem sich die bewegungslos bewegten Passagiere eines Flugzeugs oder Automobils ausgesetzt sehen: Einerseits haben die modernen Verkehrsmittel unsere leibliche Mobilität enorm gesteigert; andererseits haben sie den Reisenden selbst, während er unterwegs ist, zu immer grösserer Unbeweglichkeit verdammt. Während etwa noch der Verkehr zu Pferd, das Reiten, mit einer gewissen körperlichen Anstrengung verbunden war, musste der Reisende spätestens seit Postkutschen-Zeiten immer weniger Eigenbewegung aufbringen – wenn man einmal davon absieht, dass er tüchtig durchgeschüttelt wurde.(Der junge Mozart, der halb Europa mit der Kutsche bereist hatte, beklagte sich in seinen Briefen über das Gefährt als »Knochenknacker« und »Marterkasten«.)

Heute schien nach Erichs Beobachtung jedenfalls die Regel zu gelten: Je schneller wir reisen, um so bewegungsloser bewegen wir uns fort, angeschnallt und gefesselt an komfortable Sitze. Diese bewegungslose Fortbewegung, die uns der maschinelle Bewegungskult beschert hat, ist aber mittlerweile zu einem anerkannten Gesundheitsrisiko geworden; die Passagiere von Fernflügen werden deshalb angehalten, sich ab und zu von ihren Sitzen zu erheben und ein paar Schritte zu tun, um Infarkten und Embolien vorzubeugen.

## 7. Autofahren: Sich bewegen lassen oder Die Fortbewegung mittels fremder Kraft

Im Land eines Carl Benz, Gottlieb Daimler, Wilhelm Maybach, eines Rudolf Diesel, Nikolaus Otto und Felix Wankel, in einem Land, das quasi den Verbrennungsmotor auf seine Fahnen geschrieben hat, ist naturgemäss das Automobil das bevorzugte Symbol des Maschinenkults. An unser erstes Auto erinnern wir uns ebenso gut wie an den ersten Kuss; und nicht zufällig pflegen wir unseren Selbstfahrer mit der gleichen Libido zu polieren und zu verwöhnen, fanden doch die ersten Knutschereien häufig genug auf seiner Rückbank statt – nicht auszuschliessen, dass wir selbst auf einer solchen gezeugt wurden.

Das eigene motorisierte Fahrzeug verspricht uns vor allem die völlige Unabhängigkeit unseres Bewegungsdrangs von äusseren Bedingungen. Wir können mühelos fahren wann, wohin und wie weit wir wollen, ohne die Erlaubnis anderer einzuholen oder uns nach Fahrplänen zu richten. Diese Freiheit erlebten wir im Idealfall auf der deutschen Autobahn; aber, wie der Allemanne sagt: ´s isch nimme dees!

Die im Lauf der Jahre immer höher gedopte Potenz unserer Pferdestärken und Kilowattstunden läuft immer mehr ins Leere. Heute genügt ja ein flott bewegter Fiat Panda, um Herr der Landstrasse zu sein. Was die Potenz anlangt, so zog Erich nämlich gewisse verkehrstechnische Parallelen, indem er behauptete: Wie einer autofährt, so ist er auch im Bett; und deshalb wird sich jeder – hier wie dort – solange für den Besten halten, bis er eines Besseren belehrt wird.

Beim Autofahren allerdings fiel nach seiner Meinung die mögliche Selbsttäuschung über die eigenen Qualitäten als Verkehrsteilnehmer leichter als beim Liebemachen. Dort erleben wir Erfolg oder Versagen in direktem Kontakt mit dem Partner auf allen Sinneskanälen. Im Strassenverkehr jedoch steht zwischen uns und dem anderen ein Blechgehäuse und eine Windschutzscheibe, die uns gegen eine mögliche Selbsterkenntnis zuverlässig isolieren.

Natürlich hat diese Einschränkung der Kommunikationsmöglichkeiten auch ihre Vorteile: Einerseits verhilft sie uns zu strafloser Triebabfuhr in Form von lauthals geäusserten Schmähungen, die der vorausfahrende oder entgegenkommende Idiot zum Glück nie hören kann. Andererseits vereinfacht sie die mühsame Einschätzung des anderen Verkehrsteilnehmers, seiner Absichten und Motive, indem wir ihn zuerst einmal als Fabrikat wahrnehmen, das als solches zwingende Rückschlüsse auf die Person des Fahrers erlaubt. Etwa: Hundertneunziger Diesel-Benz mit Anhängerkupplung – ein bäuerliches Verkehrshindernis; der von BMW »recykelte« Mini – du kannst dich darauf verlassen, dass eine Frau hinterm Steuer sitzt; ein offener Ami-Schlitten – Zuhälterkutsche; ein frisierter Golf – Achtung, jugendlicher Raser!

Zu dieser Kategorie hatte er früher auch gehört, musste er sich eingestehen. Er hatte es überlebt, keinen Mitmenschen damit ins Unglück gestürzt und sich bis heute die Lust an der Geschwindigkeit erhalten.

Rückblickend musste Erich feststellen, dass er es in

puncto Fortbewegung aus eigener Kraft zwar zu einiger Fertigkeit in seinem Leben gebracht hatte; in seinen automobilistischen Ambitionen aber musste er sich insofern als kompletten Versager bezeichnen, als er nie eines seiner Traum-Mobile unter dem Gasfuss gehabt hatte. Immer waren es zweckmässige Gebrauchte gewesen, die oft genug nur mit Hilfe des Schrottplatzes zu neuem Leben erweckt oder in Gang gehalten wurden. Das hinderte ihn aber bis heute nicht, sich die Nase an der Seitenscheibe eines parkenden Ferrari plattzudrücken, eine Wende auf schneeglatter Piste mit der Handbremse zu üben, oder in der Glotze ein Autorennen zu verfolgen.

## 8. Radfahren: Sich selbst bewegen oder

### Die Fortbewegung aus eigener Kraft

Obwohl der Erich bereits von früh auf eine gewisse Schwäche entwickelte für Alles, was schön brummt, knattert und auf Rädern fährt, bewegte er sich in der Folge ebenso gern aus eigener Kraft, wie mit maschineller Unterstützung. Das heisst, er betrieb beides mit einer gewissen Leidenschaft, ohne aber Professionalität anzustreben.Es widerstrebte ihm überhaupt, sich einer Sache mit Haut und Haar zu verschreiben, und so war er in seinem ganzen Leben auf jedem Feld Amateur geblieben.

Das galt dann auch fürs Radeln. So gern er in die Pedale trat, so wenig war er gewillt, einen Kult daraus zu machen. Mittlerweile musste die Ausrüstung zwar immer noch gewissen minimalen Anforderungen genügen, aber nicht mehr unbedingt die neueste und teuerste sein. D i e Zeiten waren vorbei.

Radfahren, das war in Erichs Augen eine echte Fortbewegung aus eigener Kraft, die lediglich durch eine sinnvolle maschinelle Vorrichtung (die aber selbst keinerlei eigene Kraft aufbrachte) dem Fahrer die Arbeit erleichterte – so wie die Schi dem Schifahrer die Arbeit erleichtern. Wenn der Nachteil des Radlers gegenüber dem Autofahrer in der geringeren Geschwindigkeit seines Ortswechsels besteht, so liegt sein Vorteil darin, dass er mit seiner Umwelt und seinem Körper einen ungleich stärkeren sinnlichen Kontakt pflegt, sei er angenehm oder unangenehm. Wie ein Wanderer oder Bergsteiger ist er der Witterung ausgesetzt, der Hitze, der Kälte, dem Wind und dem Regen preisgegeben. Dafür kann er noch riechen, hören und schauen, wo der Autofahrer ob seiner Geschwindigkeit blind und taub vorbeizieht. Und anders als dieser muss der Radler körperliche Mühen auf sich nehmen; muss sich überreden durchzuhalten, wenn er müde wird; kann sich nur auf die eigene Kraft verlassen; muss seinen eigenen Rhythmus finden. All das ist dem Fahrer eines Kraftfahrzeugs unbekannt. Wo der sich seinen Weg, mühelos zurückgelehnt, mit der Kraft seines Motors unterwirft, muss ihn der Radler oder Läufer keuchend sich erkämpfen. Dieselbe leichte Steigung, die Erich im Automobil kaum bemerkt hatte, weil der Wagen sie durch minimalen Druck aufs Gaspedal einfach einebnete, nötigte ihn als Radler zurückzuschalten und verstärkt in die Pedale zu treten.

So erzeugt die Fortbewegung aus eigener Kraft eine Fülle von Körper- und Sinneseindrücken, die der bewegungslos Reisende nicht teilt. Gewiss empfängt auch der Signale aus seinem Körper: Den guten Autofahrer zeichnet etwa aus, dass er, wie man sagt, »mit dem Hintern« fährt, also die Zentrifugal-, Verzögerungs- und Beschleunigungskräfte seines Fahrzeugs mit seinem gesamten Körper genau wahrzunehmen und einzuschätzen vermag. Auch dem Benutzer eines Fahrstuhls, dem Achterbahn-Fahrer, dem Astronauten beim Start seiner Rakete sind solche Empfindungen nicht fremd. Dennoch wird man behaupten dürfen, dass die moderne bewegungslose Fortbewegung mittels fremder

Kraft uns von der Erfahrung der eigenen Körperlichkeit entfremdet. Davon konnten eben unsere ersten Raumfahrer ein Lied singen, als sie nach nur wochenlanger Schwerelosigkeit ohne Muskeltraining beim Betreten der Erde einfach zusammenbrachen, weil ihre Füsse sie nicht mehr trugen.

Dabei ist der Gebrauch des Fahrrades in Stadt und Land heute durchaus verschieden. In der Stadt hat es als Nah- und Individualverkehrsmittel eine Renaissance erlebt: kräftige Waden, schnelle Entschlüsse und einige Wendigkeit vorausgesetzt, lässt sich mit eigener Muskelkraft einer vielfach leistungsstärkerern Blechlawine ein Schnippchen schlagen – sicherlich eine der Ambitionen und Genugtuungen des städtischen Radlerlebens abseits jeder langweiligen ökologischen Korrektheit. Am Land hingegen ist das Fahrrad als Verkehrsmittel wegen der grösseren Entfernungen und seiner geringen Transportkapazität weniger geeignet. Gewiss gibt es am Land immer noch das aus der Zeit gefallene Mütterchen, das für seinen Einkauf beim dörflichen Krämer, mehr schiebend als fahrend, zwei, drei Kilometer mit ihrem alten Drahtesel zurücklegt. Dazu kommen die harten Typen, die von Frühling bis Herbst zur Arbeit radeln – jeden Tag, Hin- und Rückweg zusammen 40, 50 Kilometer – und sich so in Form halten. Der durchschnittliche ländliche Radler hat jedoch entweder kurze Wege zu seinem Arbeitsplatz oder er ist in seiner Freizeit unterwegs. Letzteres wiederum heisst: entweder er schafft sich in schweisstreibender Körperarbeit oder er steuert am Wochenende mit Kind und Kegel einen schön gelegenen Biergarten an. In der Gestaltung seiner Zeit hat der ländliche Radler vermutlich grössere Freiheit als der städtische: Zwar takten beide ihre Zeit durch den Rhythmus ihres Tretens; während aber der ländliche Radler anhalten oder so schnell oder langsam fahren kann, wie er will, wird der Zeitstrom des Stadtradlers bereits vorgetaktet durch Ampeln und äussere Verkehrsverhältnisse; und im besten Fall kann er mit diesen Vorgaben spielerisch umgehen.

# Zweiter Abschnitt: Über »Zeit«

# 1. Der Radler am Fluss der Zeit

Mit der Dimension der Zeit pflegt sich der Mensch erst in fortgeschrittenem Alter ernsthaft zu beschäftigen, wenn etwa der Gedanke auftaucht, die verbliebene Lebenszeit könne für die vielen guten Vorsätze, die man so lange erfolgreich vor sich her geschoben hat, langsam knapp werden; oder wenn man feststellt, dass mit zunehmendem Alter die Jahre so erschreckend schnell vergehen. Auch Erich machte da keine Ausnahme. Während in der Jugend jeder neue Tag ein Abenteuer war, fiel es ihm nun manchmal schwer, dem Zeitraum zwischen zwei abgerissenen Kalenderblättern noch einen Funken Spannung oder Emotion zu entlocken, da doch alles, was ihm noch zustossen konnte, bereits bekannt war.

In Kindheit und Jugend sind die Tage lang; man möchte den Fluss der Zeit voll Ungeduld beschleunigen; sie kann gar nicht schnell genug vergehen, bis man endlich ins ersehnte Reich der Erwachsenen aufgenommen wird. Im Alter hingegen will man die Zeit anhalten oder wenigstens ihren Lauf verzögern, weil sie so nutzlos verstreicht und zudem beängstigend zur Neige geht.

Dieser unterschiedlich schnelle Fluss der Zeit im Grossen hatte Erich allerdings schon früh im Kleinen fasziniert, als er jener Dimension unseres Handelns noch eher sporadische und beiläufige Aufmerksamkeit widmete. Wie konnte es sein, hatte er sich schon als junger Mensch gefragt, dass eine Stunde einmal so lang erscheinen konnte und ein andermal so kurz? Dass sich Sekunden dehnen konnten, als seien es Minuten? Natürlich ahnte er, dass er das selber in seinem Kopf besorgte, aber die Verschiedenheit des Zeitempfindens frappierte ihn immer wieder.

Sein neuerdings wiedererwachtes Interesse an der Zeit und ihrem Verfliessen rührte nicht nur von seinem Alter, sondern auch von einem kürzlich in die nahen Berge unternommenen Ausflug her, als er an einem frischen, klaren Sommermorgen in aller Frühe, wie von einer plötzlichen Erleuchtung überfallen, am Fluss der Zeit zu erwachen glaubte.

Es war eine jener spontanen ungeplanten Ausfahrten gewesen, mit denen er sein seelisches Gleichgewicht wiederherstellte; wo er das Gefühl hatte, seine eingefahrenen Verhältnisse hinter sich lassen und durch körperliche Bewegung wieder zu sich selbst finden zu müssen. Bei solchen Gelegenheiten pflegte er sich so wenig wie möglich zu beschweren: ausser einem winzigen Rucksack mit der notwendigsten Kleidung am Rücken hatte er eine leichte Tasche an den Lenker und einen Schlafsack hinter den Sattel geschnallt. Unbelastet vagabundierte er dann zeit- und ziellos durch schöne Landschaften und übte sich dabei in der Kunst, mit dem Wenigen, das er bei sich führte, unter den wechselnden Umständen immer wieder glücklich auszukommen. So lebte er unterwegs bedingungslos nach seinen eigenen Rhythmen von Ruhe und Bewegung und beschränkte nur allzu gerne seinen zeitlichen Horizont auf das blosse Hier-Und-Jetzt, das jegliches Sorgen um Zukünftiges oder Grübeln über Vergangenes ausschloss und sein

Dasein auf die einfachsten Fragen praktischen Überlebens reduzierte: Wo schlafe ich heute nacht? Wo und was frühstücke ich morgen früh? Wie wird das Wetter? Die letzte Frage war bei seiner Art des Reisens sogar die wichtigste, denn sie entschied über den gesamten Tagesablauf.

An jenem Abend beschloss er, sich vor Einbruch der Dämmerung einen Schlafplatz im Freien zu suchen, möglichst an einem Wasser zum Baden. Schliesslich fand er einen Platz, der ihm geeignet schien.

Ein grasbewachsenes Plateau, das wie eine Nase in den felsigen Bachlauf hineinragte und von einer mächtigen Buche überdacht wurde, sollte ihm als Nachtlager dienen. Unter ihren ausladenden Zweigen richtete er sich ein, entrollte seinen Schlafsack, entzündete ausserhalb des Baumes Reichweite ein kleines Feuer und nahm sein Nachtmahl ein: Brot, Pecorino und Salami sowie eine halbe Flasche Roten aus dem Rucksack. Dann drehte er sich eine Zigarette, verlor sich mit seinen Gedanken in den züngelnden Flammen, stellte mit Genugtuung fest, dass Schnaken und anderes Geziefer sich hier oben frei genommen hatten, schnippte die Kippe ins Feuer und kroch zurück in seinen Schlafsack. Unter dem Rauschen des Baches schlief er ein.

Nach kurzer Nacht erwachte er, weil er zu frösteln begonnen hatte in seinem leichten Daunensack und der Hüftknochen ihn schmerzte vom harten Untergrund. Er blinzelte durch die Zweige in den Himmel, der schon von einer hellen Morgensonne zeugte, schloss nochmals die Augen und lauschte auf das Geräusch des Baches zu seinen Füssen.

Und seltsam: Je tiefer er jetzt – ganz Ohr – in das vertraute einförmige Rauschen des Baches eindrang, um so mehr Stimmen, hohe wie tiefe, unterschied er in diesem Gesang, die in Rhythmen auf- und abschwollen, sich trennten und wieder vereinten, sodass er ins Staunen kam über den vielstimmigen Chor, den er so beharrlich überhört hatte. Bei geschlossenen Augen wurde ihm klar: Diese Musik – das war der hörbare Lauf der Zeit in unserer Welt; wie das regelmässige Fallen eines Tropfens, wie das Atmen des Meeres in der Brandung, wie die Melodie des Windes.

Einige Male öffnete er kurz die Augen, um die Sonnenhelle zu prüfen, die über seinen schattigen Schlafplatz hinweg auf die jenseitige Uferböschung fiel und sich allmählich dem Wasser näherte. Als sie dessen Saum erreicht hatte, hielt es ihn nicht länger in seinem Dämmerzustand. Er öffnete den Schlafsack, setzte sich auf, rieb sich die Augen und sah sich um: das Feuer hatte das Holz bis auf ein paar schwarzgeschuppte Reste verzehrt, das kurze Gras bis zum Bachufer glitzerte vor Tau.

Er kam auf die Beine, räkelte sich und stakste nackt, mit hochgewölbten Sohlen aus dem Schutz des Baumes hinaus ins nasse Gras. Nach dem ersten Schock entspannten sich seine Zehen und Ballen und belebten sich an der erfrischenden Kühle. Noch vor dem Bach machte er halt, schlug sein Wasser ab und starrte, geblendet und angezogen zugleich vom Sonnenschein am andern Ufer, seinem glitzernden Strahl hinterher. Während seine Blase sich entleerte, verflog die Gänsehaut auf seinen Schultern, und er begann in den Bach zu waten, lächelnd über die panische Flucht einiger Jungfische am Ufer, die sein Erscheinen auslöste. Noch nicht ganz Herr seiner Glieder, konnte er dennoch ein Ausgleiten und vollständiges Eintauchen in der Mitte des Wasserlaufs vermeiden und erreichte mit trockenem Nabel aber erneuter Gänsehaut den mächtigen besonnten Felsen nahe dem anderen Ufer, der als gischtumflossener Rücken das Wasser in zwei ungleiche Arme teilte.

Er zog sich an ihm hoch und kauerte nach Affenart auf dem erwärmten Stein nieder, rechts und links umsäumt von einer weissschäumenden Strömung mit Bug- und Heckwelle, die ihm je nach Blickrichtung die Illusion einer rasenden Vorwärts- oder Rückwärtsfahrt vorgaukelte. Und wieder überfiel ihn die Vorstellung, er sässe auf einem Felsen im Fluss der Zeit. Bachaufwärts sah er in die Zukunft: Das Treibgut, das dort auf den Wellen tanzte, würde in Kürze an seinem Felsen, der Gegenwart, vorbeigeschwemmt und bachabwärts in seinem Rücken in der Vergangenheit entschwinden. Doch gleichgültig wie er sich drehte und wendete, ob er den Bach hinauf oder hinab schaute – am meisten faszinierte ihn der Wechsel zwischen dem Eindruck, sich selbst durch die Zeit zu bewegen oder die Zeit auf sich zufliessen zu lassen; das heisst, entweder selber still zu sitzen und der Strömung ausgesetzt zu sein oder samt seinem Felsen durch ein stehendes Gewässer zu brausen. So konnte er, in die Zukunft blickend, entweder sich selbst mit schäumender Bugwelle auf sie zu bewegen oder aber im Stillstand ihre rauschende Ankunft erwarten. Drehte er sich hingegen talwärts, so schien er entweder in gischtender Rückwärtsfahrt stromauf durchs Wasser zu gleiten (vor sich die Heckwelle der Vergangenheit, hinter sich, unsichtbar, die Bugwelle der Zukunft); oder er selbst sass bewegungslos und schaute dem Treibgut nach, das an seinem Felsen vorbeigetanzt war und abwärts hinter der Biegung in der Vergangenheit verschwandt.

Und so, wie die Zeit einmal langsam und einmal schnell verströmen konnte, so schien ihm der Bach, der in die Tiefe fällt oder sich staut am Wehr, der in den Schnellen schäumend sich beschleunigt und in den Gumpen forellenklar ausruht, der manchmal stockt, manchmal eilt, um dann wieder ein Stück gleichmässig dahinzuziehen. Wir Menschen, dachte er, sind in diesem Strom wie Treibholz: über grosse Strecken mitgerissen vom Wasserschwall, dann wieder verhakt zwischen Felsen und Ufergebüsch, wo wir uns dem Fluss entgegenstemmen; am Ende aber unweigerlich ein bleiches Gerippe, abgesetzt von der Flut und gestrandet auf wieder aufgetauchten Kiesbänken, ein Häufchen Knochen, aus der Zeit geworfen.

# 2. Innere und äussere Zeit

Seit jenem Erlebnis hatte Erich viel über die Zeit und ihren unterschiedlich schnellen Fluss spekuliert. Aber durfte man die Zeit überhaupt mit jenem Newton`schen Fluss vergleichen, der mit gleichmässiger Geschwindigkeit und unumkehrbar in eine Richtung strömt? Oder erschien sie nur uns Sterblichen so, die einen Anfang und ein Ende haben und Alles daran messen? Entsteht die Zeit vielleicht nur für ein beobachtendes Bewusstsein, das die Bewegung oder Veränderung von materiellen Objekten im Raum wahrnimmt? Wie hängen also Raum und Zeit zusammen? Sind Zeit und Raum mit der wie auch immer gearteten Geburt unseres Universums entstanden? Ist also die Quelle oder der Beginn von beiden in einer energetischen Zuckung vor 15 Milliarden Jahren zu suchen, die seitdem uns und alle anderen energetischen Verdichtungen, die im Kosmos schwimmen und schwingen, mit einem steten Nachschub von Raum und Zeit versorgt? Ist es möglich, dass aus jenem fernen Ursprung in der Vergangenheit, so wie wir bachaufwärts zur Quelle schauen, immer noch unsere Zukunft geflossen kommt, die ungewisses Treibgut mit sich bringt? Ungewisses, Noch-Nicht-Festgelegtes, das erst in der Gegenwart, wo es uns begegnet, zum Festgelegten wird und in der Kette aller anderen Festlegungen in der Vergangenheit entschwindet, um sich auch dort wieder aufzulösen? So zog eine Frage die andere nach sich.

Wenn nun aber die Zeit, was keineswegs ausgemacht ist, tatsächlich ein Fluss wäre: mit welcher Geschwindigkeit fliesst sie dann? Die tickende Uhr will uns weismachen, die Zeit verstreiche mit gleichmässiger Geschwindigkeit, und dennoch empfinden wir als Teilnehmer am endlichen Geschehen den Fluss der Zeit einmal als rasend schnell und ein andermal als stockend. Ja, es ist, als tickte die Uhr selbst einmal langsamer, einmal schneller. Das heisst aber doch nichts anderes, als dass wir innerlich den gewiss gleichmässigen Fluss der äusseren Zeit unterschiedlich erleben. Müssen wir also nicht zuerst einmal zwischen einer inneren »subjektiven« und einer äusseren, »objektiv« genannten Zeit unterscheiden? Dies war der Ausgangspunkt für Erichs weitere Überlegungen.

Nach seiner Erfahrung war unser inneres Zeitempfinden mit dem Ablauf der äusseren Zeit so verbunden oder synchronisiert, dass wir im Tagesablauf die verflossenen Stunden und Minuten recht genau einschätzen können, ohne auf die Uhr zu schauen. Dennoch hatte er immer wieder Situationen erlebt, wo sein Zeitempfinden von diesem Normalzustand abwich, wo die Zeit rascher oder langsamer verstrichen war, als die unbestechliche Uhr am Ende anzeigte. Er erinnerte sich lebhaft an seine jugendlichen Kiffer-Erfahrungen, wo er und die andern regelmässig das Gefühl hatten, es seien Stunden vergangen und beim Blick auf die Uhr feststellen mussten. dass erst eine halbe verflossen war. Für sein Empfinden hatte sich also die Zeit damals gedehnt; sie war langsamer geflossen als er gedacht oder, soweit Gefühle ins Spiel kamen, gehofft oder gefürchtet hatte. Er hatte die wirklich verflossene Zeit überschätzt.

Im umgekehrten Fall, als ihm zwei tatsächlich vergangene Stunden vorgekommen waren, als seien sie eine gewesen, schien sich der Lauf der äusseren Zeit beschleunigt zu haben. Sie war »wie im Flug« vergangen, ohne dass er es bemerkt hätte; das heisst, er hatte die Menge der objektiv verflossenen Zeit unterschätzt und unterstellt, weniger Zeit »verbraucht« zu haben, als der Fall war. (Wobei die Vorstellung, Zeit werde »verbraucht« und nicht etwa »gebraucht«, nur von der Endlichkeit des vorstellenden Subjekts zeugt.)

Zugleich erinnerte sich Erich aber auch daran, dass wir diesen gegensätzlichen Erlebnissen, der scheinbaren Beschleunigung oder Verzögerung des Zeitflusses, nie neutral gegenüberstehen, sondern immer als Kreaturen mit Gefühlen. Das hiess aber, wir können die beiden Phänomene grundsätzlich entweder begrüssen oder bedauern, sie positiv oder negativ bewerten.

Ist beispielsweise die Zeit schneller als erwartet verstrichen, kann ich mich entweder darüber freuen (dass die Zeit so kurzweilig verging, wo ich doch Langeweile befürchtet hatte); oder aber ich beklage die Erfahrung und will mich dem allzu raschen Verlauf der Zeit entgegenstemmen. Dann rufe ich »Verweile doch!« oder hoffe mit Romeo und Julia, dass es die Nachtigall war, die gesungen hat, und nicht die Lerche.

In diese Rubrik negativ bewerteter beschleunigter Zeit schien ihm auch die verbreitete Klage zu gehören, zu wenig oder keine Zeit zu haben; oder etwas in der vorgegebenen Zeit nicht schaffen zu können, weil dies und das vorher mehr Zeit »gekostet« habe als geplant – kurz: die Klage über »knappe Zeit«. Diese Klage schien ihm symptomatisch für unseren gesellschaftlichen Umgang mit der Zeit.

Er entsann sich aber auch des umgekehrten Falles, wo er den Lauf der äusseren Zeit verlangsamt erlebte. Auch solchen Erfahrungen können wir positiv oder negativ gegenübertreten, dachte er weiter. Negativ wird wohl jeder von uns das Wartenmüssen bewerten, wo sich die Zeit umso stärker dehnt, je mehr wir uns Gedanken machen und je ungeduldiger wir auf die Uhr schauen. Oder aber er rief sich in diesem Zusammenhang jene endlos währenden Sekunden des Hin- und Herschleuderns wieder ins Gedächtnis, bis sein Wagen von der Strasse abkam. Auch die gedehnten Sekunden angesichts des Todes oder allgemein: hoher Angst wird wohl keiner, der sie erlebt hat, als angenehm empfinden; etwa jene zwei, drei Sekunden eines Sturzes, wo nach glaubwürdigen Berichten vor dem geistigen Auge des Bergsteigers sein ganzes Leben vorüberzieht.

Indessen, die Erfahrung einer langsamer fliessenden Zeit können wir ja auch begrüssen. Dann haben wir zum Beispiel das gute Gefühl, weniger Zeit »verbraucht« und somit noch mehr Zeit »vor uns« zu haben, als wir erwarteten. Oder das Gefühl der Ruhe, des Nicht-Hasten-Müssens; das Gefühl, im Lauf einer Sekunde hundert Dinge zugleich wahrzunehmen; kurz: das Gefühl eines Tages, an dem alles gelingt.

Vielleicht, sinnierte er weiter, kann man die Erfahrung eines verlangsamte Zeitflusses auch beschreiben als Situationen, in denen der Zeithorizont oder die Zeitperspektive des Betreffenden auf das Leben im Augenblick, im Hier-und-Jetzt beschränkt ist, wo man weder nach Vergangenheit, noch nach Zukunft fragt und so die Gegenwart intensiv erfährt und dadurch ausdehnt. Davon abgesehen war er überzeugt, dass beide Zeitperspektiven, ob eng oder weit, notwendige Bestandteile unserer Lebenspraxis seien. Ein Leben ausschliesslich unter dem Regime eines weiten Zeithorizonts war genau so wenig wünschenswert wie das Gegenteil: Im ersten Fall würde man vor lauter Planen und Erinnern, vor lauter Fernblick in beide Richtungen, das Naheliegende zu unseren Füssen übersehen; im zweiten würde man sich ins Detail verbeissen und das grosse Ganze aus den Augen verlieren.

Wenn Erich sich unser alltägliches Tun und Lassen vorstellte, hatte er den Eindruck, als würden wir sowohl gedehnte als auch geraffte Zeit heutzutage überwiegend in negativer Form erleben: als Wartenmüssen oder Zu-wenig-Zeit-Haben. Ständig wünschen wir, die Zeit möge schneller oder langsamer vergehen, als sie es tut; und selten sind wir mit ihrem Lauf einverstanden. Es scheint, als nähmen wir bevorzugt die Abweichungen von unseren Erwartungen wahr – so, wie wir meist nur unser Pech registrieren, unser Glück aber wie selbstverständlich übersehen. Ungeduld und zeitlicher Stress sind beinahe der Normalzustand unseres Umgangs mit der Zeit geworden.

# 3. Über gedehnte und geraffte Zeit

Während Erich sich drunten mit seinem Radl raupenhaft durch die heimische Landschaft bewegte, hügelauf, hügelab, zeichnete über ihm der rege Flugverkehr der fernen Landeshauptstadt ein abstraktes Muster von teils jungen schlanken, teils alten ausgefransten Kondensstreifen in den blauen Himmel. Beim Anblick dieser gelungenen Komposition in Blau und Weiss über seinem Kopf, deren strenge Linearität, wie vom Künstler gewollt, durch ein paar wohlgesetzte flächige Cirrus-Schleier kontrapunktisch gebrochen und erweitert wurde, kam ihm, wie er so in seinem irdischen Schweiss über die Landsrasse kroch, die Rede von der »schnelllebigen Zeit« in den Sinn, in der wir heute nach gängiger Meinung gefangen sind. Schnelllebige Zeit, das war das Muster der Kondensstreifen, das klang nach Überholtwerden, das hiess schneller Verkehr, schnelle Moden, schnelle Sensationen, die morgen schon wieder vergessen sind. Diese Schnelllebigkeit hiess aber nicht unbedingt, dass wir in einer gegebenen Zeiteinheit mehr erlebten als in langsamlebigen Zeiten. Sie bedeutet im Gegenteil, dass wir wie im Zeitraffer-Film nur alle paar Sekunden oder Minuten eine Aufnahme vom Leben machen und die vielen Ereignisse dazwischen übersehen.

Sicherlich kommt man heute mit dem Fahrrad, also mit eigner Kraft, auf glatten Strassen schneller voran als früher mit der Postkutsche; und sicherlich ging damals alles gemächlicher vonstatten. Nun hat aber die industrielle Revolution des 18. und 19. Jahrhunderts dadurch Zeit eingespart, dass sie die Arbeitsleistung eines Arbeiters pro Stunde mit Hilfe von Maschinen gewaltig steigerte. Sie hat, könnte man auch sagen, die Arbeitsstunde eines Arbeiters durch verstärkte, maschinengestützte Füllung mit Ereignissen im Endeffekt so sehr verlängert oder gedehnt, dass der Einzelne nun in einer Stunde das schafft, wozu früher dreie einen halben Tag brauchten. Ja, so viel rackerte der an seiner Maschine, dass die Fabriken nach dem ersten Aufschwung massenweise überflüssige Arbeiter wieder ausspien und die Maschinen mehr und mehr die Herrschaft über die Produktion erlangten.

Diese Dehnung der Arbeitsstunde ist zuerst einmal virtuell zu verstehen, geboren aus dem ökonomischen Zwang, immer mehr in eine Arbeitsstunde hineinzustecken oder aus ihr herauszuholen. Dennoch fand sie immer auch ihren materiellen Ausdruck: zu Zeiten des Manchester-Kapitalismus im Elend der Fabrikarbeiter; heute in eher verkappter Form als Stress- und Ermüdungssymptom nach einem langen, körperlich oder geistig anstrengenden Arbeitstag.

Allerdings schien, zumindest nach Erichs Erfahrung, ein gewisser Widerspruch zu bestehen zwischen unserem produktiven und konsumatorischen Umgang mit der Zeit. Während sich auf der produktiven Seite unseres Daseins die Arbeitsstunden derart breit machen, schnurren die Stunden und Tage auf der konsumatorischen zusammen. Sie verschwinden spurlos in den Wochen und Monaten, nach denen die Zeit bis zum nächsten kalendarisch garantierten Konsumrausch berechnet wird. Deshalb versucht man Anschluss zu halten: Kaum ist der letzte Höhepunkt verebbt, wird schon der nächste avisiert. Tatsächlich birgt diese Art von zeitlicher Dehnung durch verlängerte Vorlust die Gefahr der Ausdünnung in sich.

Die Begehrlichkeit des Konsumenten darf aber niemals einschlafen (die Konkurrenz ist hart), also muss sie mit viel Mühe und allen Tricks am Köcheln gehalten werden. Während so auf der Vorderbühne die Feierlichkeiten für den nächsten anstehenden Konsumrausch zelebriert werden, wird auf der Hinterbühne die Zeit zwischen den Räuschen zusammengerafft; sie verschwindet im Nichts. Das heisst, zwischen Advent und Ostern gibt es eigentlich nur zwei konsumatorische »events«: Weihnachtsmänner und Osterhasen, garniert mit etwas Winterschlussverkauf und Narrenkappen. Das Verfliessen der Zeit zwischen Weihnachten und Ostern würde völlig unbemerkt bleiben, wenn nicht auf einen Schlag statt der Schoko-Weinachtsmänner Schokoladehasen in den Auslagen stünden, sodass besonders Pfiffige behaupten, die hätten über Nacht nur ihr Gewand getauscht. Die Zeit bis zu den Schlussverkäufen kann nicht schnell genug vergehen. Also findet der Sommerschlussverkauf im Mai statt, der Winterschlussverkauf folgt gleich aufs Weihnachtsgeschäft; und was im nächsten Jahr getragen wird, muss heute schon produziert und geordert werden. »Schnelllebig«, dachte unser kulturkritischer Amateurradler, heisst, von einem Rausch zum nächsten zu hasten, von einer Sensation zur anderen, und die Zeit dazwischen zu raffen, das heisst, zum Verschwinden zu bringen.

## 4. Fliegenfangen oder: Spekulationen über die innere Zeit der Arten

Erichs Puls näherte sich der Hundertachtziger-Marke und schwarze Punkte tanzten vor seinen Augen, als er, in den Pedalen stehend, die kurze, steile Steigung zwischen St. Wolfgang und Buchet hinter sich gebracht hatte. Die war nur Teil eines längeren Anstiegs, der aus dem Rottal kommend in mehreren Stufen die höchsten Hügelketten seiner näheren Umgebung erklomm. Da hiess es, sich die Kräfte einzuteilen, besonders, wenn man sich unterwegs verausgabt hatte und auf dem Rückweg war.

Oben angekommen, als sich sein Atem etwas beruhigt hatte und das Pochen in den Ohren abgeklungen war, begann ihn die Vorstellung zu beschäftigen, wie unterschiedlich wir doch die Sekunden und Minuten unserer Lebenszeit mit Ereignissen füllen, körperlichen wie geistigen. Er stellte sich vor, er sässe im Sessel und lausche auf den Takt seiner inneren Zeit, seinen Herzschlag zum Beispiel. Während er so ruhte, schlug sein Herz vielleicht einmal pro Sekunde; eben noch hatte es dreimal so schnell geschlagen. So strömte seine innere Zeit einmal schneller, einmal langsamer, je nachdem, wie viele Herzschläge er in eine Sekunde füllte. Verfloss deshalb auch seine Lebenszeit schneller, oder machte er nur mehr aus seiner

Zeit? Eine interessante Frage, über die nachzudenken sich lohnte.

Bevor er mit der Frage zu Ende kam, war er auf der vorletzten Geländestufe angekommen, die eine ungewöhnlich schöne Aussicht über das Tal hinweg ins Voralpenland bis in die nahen Berge bot. Er hielt an, lehnte sein Radl in den Strassengraben und setzte sich ins Gras, um einen Blick in die Runde zu werfen. Das tat der Erich eigentlich immer, wenn er diesen grimmigen Anstieg soweit geschafft hatte. Luft genug hätte er schon noch gehabt, um weiter zu fahren, aber diesen Ausblick wollte er sich nie nehmen lassen: Wie ein Vogel wollte man sich von dieser Kante abstossen und über das breite Tal zu seinen Füssen hinweg schnurstracks zu den Gipfeln im Salzburger Land segeln.

Eine hartnäckige Fliege, die es auf seine Ausdünstungen abgesehen hatte, lenkte ihn von seinen Betrachtungen ab. Der ländliche Radler hat sich bekanntlich im Sommer verstärkt mit der gemeinen Stubenfliege samt ihren hinterhältigen stechenden, zwickenden und blutsaugerischen Verwandten auseinanderzusetzen. Das Viehzeug nimmt im Biergarten uneingeladen Bäder in seinem Krug, fliegt ihm unterm Fahren ins offene Maul oder in die Augen, falls er keine Brille trägt; es sticht ihn während der Badepause am Weiher, es zwickt ihn beim Liebemachen auf der Wiese. Ach was, korrigierte er sich gleich darauf, wer redet hier von Liebe auf der grünen Wiese! Vorbei die Zeiten, wo Mägdelein und Jüngling auf einer Frühlingsblumenwiese tandaradeyen konnten, ohne sich eine Borreliose oder Hirnhautentzündung zu holen.

Was nun die spezielle Fliege anbelangt, die dem Erich die Aussicht vermasselte, liess er es eigentlich ganz ruhig angehen. Zuerst redete er ihr noch gut zu, ihre Kitzeleien zu unterlassenlassen; danach drohte er ihr, aber nur verbal und ökologisch korrekt. Als sie aber hartnäckig auf ihrem Vorhaben beharrte, versuchte er sie mit der blossen Hand zu fangen.

Nach dem dritten nutzlosen Versuch sah er ein, dass er in seiner augenblicklichen Verfassung gegen ihre Reaktionsschnelligkeit nichts ausrichten konnte. Sein innerer Zeitfluss musste wohl erheblich langsamer strömen, als der der Fliege. Was er für eine schnelle Bewegung hielt, war für die Fliege ein Pappenstiel! In der Zeit, die er für eine Reaktion brauchte, konnte sie unter zehnen wählen.

Er war sich sicher, dass der schnellste Fluss seiner inneren Zeit immer noch ein träges, behäbiges Gewässer war, verglichen mit der Strom der inneren Zeit einer Fliege, eines Kolibris, einer Spitzmaus. Die Fliege packt in eine Sekunde wahrscheinlich das Zehnfache an Herzschlägen von unsereinem, und die Anzahl ihrer Flügelschläge pro Sekunde können wir mit blossem Auge nicht mehr erkennen. So beschleunigt sie nicht nur den Ablauf ihrer inneren, sondern dehnt zugleich die ihr für ihre Zwecke zur Verfügung stehende äussere Zeit. Denn wo wir Menschen für das Durchlaufen unseres Lebenszyklus 80 Jahre brauchen, schafft sie das gleiche Pensum in Tagen oder Wochen. Kurz und gut, angesichts seines Misserfolges fragte sich Erich ersthaft, ob dieses Insekt nicht ein völlig anderes Zeitempfinden haben musste als wir, ob, schlicht gesagt, für die Fliege eine Sekunde nicht viel länger dauern müsse als für uns.

Untersuchungen von Gehirnforschern, Biologen und Neurologen legen bekanntlich die Vermutung nahe, dass nicht nur wir Menschen, sondern alle Arten bis hinunter zu den Pflanzen und noch weiter, eine eigene innere Zeit besitzen: »Innere Uhren« und einen standardisierten Ablauf ihres inneren Zeitflusses, angepasst an die Überlebensbedürfnisse der jeweiligen Art. Eine Fliege muss dabei mit kürzeren Zeiten auskommen als wir Menschen, und deshalb schien es Erich naheliegend, dass sie sich mit ihren Bewegungungen und Reaktionen, mit ihrer Zeitwahrnehmung diesem Sachverhalt angepasst hatte. Offenbar, so vermutete er weiter, ist bereits die neuronale Grundstruktur all dieser reaktionsschnellen Arten mit hoher Stoffwechselrate und geringer Lebenszeit darauf ausgelegt, kleinere räumliche und zeitliche »Abstände« – wie die Quantenphysik sagt – zu unterscheiden. Was uns wie ein unscharfes Schwirren von Flügeln erscheint, muss sie noch auseinanderhalten können, muss sich für die Fliege als kontrollierter Bewegungsablauf aus tausend separaten Einzelteilen darstellen. Entsprechend schneller sind auch ihre Ausweichbewegungen: während wir sie »blitzschnell« zu fangen versuchen, findet sie noch genügend Zeit, sich zu einer eleganten Rolle rückwärts zu entscheiden, um unserer »gemächlich« herannahenden Hand zu entkommen.

Hängt also der typische innere Zeitfluss eines Lebewesens mit der Lebensspanne zusammen, die seine Spezies zur Reproduktion benötigt? Sodass in einem kurzen Leben alles schnell gehen muss: die Bewegungen, der Stoffwechsel, bis hin zu kürzeren Abständen zwischen Geburt, Geschlechtsreife, Fortpflanzung und Tod? Wohingegen ein langes Leben zu all dem mehr Zeit liesse – oder brauchte? Korrepondiert eine lange Lebensspanne mit Riesenwuchs und entsprechend behäbigen Bewegungen? Muss dann nicht umgekehrt ein Elefant oder ein Wal, um nur bei den Säugern zu bleiben, ein völlig anderes Zeitgefühl entwickeln als eine Spitzmaus? Erich hatte von Grönlandwalen gelesen, deren Alter man nach molekularbiologischen Analysen auf über 200 Jahre schätzte. Elefanten, hiess es weiter, können 150 Jahre alt werden, und von einer gewissen, heute noch lebenden Riesenschildkröte wird behauptet, dass sie vor 350 Jahren dem damaligen spanischen König für seinen Zoo geschenkt wurde. Wie empfindet die wohl den Lauf der Zeit? Ob sie das Problem kennt, keine Zeit zu haben? Wenn man ihren Bewegungen zuschaut, wird man das bezweifeln müssen. Heisst das nun auch, dass sie drei Jahre so empfindet, wie wir eines? Sind für sie drei Sekunden, was für uns eine ist?

Auffällig erschien ihm, dass bei all diesen Tieren eine lange Lebensspanne, Riesenwuchs und gemächliche Bewegung Hand in Hand gingen. Das Gleiche gilt verstärkt für die angeblich ältesten noch lebenden Organismen auf der Erde, ein riesiges Pilzgeflecht, das sich über den ganzen nördlichen Mittelmeerraum verbreitet; ein Riesenschwamm im Südpolar-Meer oder ein gigantisch ausgedehntes Strauchgewächs an Tasmaniens Stränden, das nach Einschätzung von Forschern mehrere zehntausend Jahre auf dem Buckel hatte. Auch hier passten der extrem verlangsamte Stoffwechsel, das Riesenwachstum, die Bewegungslosigkeit und das hohe Lebensalter zusammen. Ein anderer Bericht, der diese Beobachtungen zum Thema hatte, lieferte auch eine plausible Erklärung für diesen vermuteten Zusammenhang: »Das Geheimnis ihres Riesenwuchses«, hiess es da, »liegt im verlangsamten Stoffwechsel ihrer Zellen. Bei den extrem niedrigen Temperaturen in den südpolaren Gewässern wachsen die Organismen wesentlich langsamer, dafür sterben sie aber auch nicht so schnell....in der Antarktis gelten nicht die üblichen Lebensspannen von Zellen....Jeder Organismus lebt nur so lange, wie sich die Zellen teilen – je häufiger sie das tun, umso mehr Schaden nimmt das Erbgut (durch Kopierfehler, E.P.). Schuld an diesen Veränderungen sind unter anderem Sauerstoffradikale, die sich beim Verbrennen von Sauerstoff in den Zellen bilden. Je niedriger die Temperatur, desto niedriger ist auch der Sauerstoffumsatz – und desto weniger Schäden treten am Erbgut von Zellen auf. So lautet die Gleichung für das arktische Methusalem-Phänomen.« (Anm. 1)

Wo dagegen zur Fortpflanzung wenig Zeit bleibt, weil zum Beispiel in den kurzen Sommern des Hochgebirges die Vegetationszeit äusserst knapp bemessen ist, schien die Natur, einer anderen Quelle zufolge, sogar »lebendgebärende« Pflanzen hervorzubringen. Die produzieren keine Samen, wie sonst üblich, sondern fertige Gräser, die zu Boden fallen und sofort Wurzeln schlagen.

Angesichts dieser Tatsachen fragte sich Erich allen Ernstes, warum nicht auch sogenannte »unbelebte« Objekte, wie Mineralien, Metalle, Wasser und Steine, Berge und Seen ihre innere Zeit haben sollten, die sich letzlich an der Rate ihres Stoffwechsels und der Dauer ihrer Erscheinung in der äusseren Zeit bemisst. Bezeichnen wir als »Leben« nur das, was sich vor unseren Augen bewegt, was sich im Rahmen eines menschlichen Zeithorizonts verändert? Jene »unbelebten« Objekte haben einfach die längsten Lebensspannen und den geringsten Stoffwechsel; und mögen die Ereignisse in ihrem Dasein auch nicht allzu dicht gesät sein (allein schon, weil sie sich nicht rühren können), so fehlen sie doch nicht völlig. Wenn wir uns natürlich vor einen Felsklotz oder einen Stein stellen und fragen, wo denn da ein Stoffwechsel zu beobachten sei, oder welche Ereignisse er wohl erlebe, so zeigt das nur, dass wir über den Tellerrand menschlicher Zeitspannen nicht hinausschauen: In erdgeschichtlichen Zeiträumen hat dieser Stein wahrscheinlich viele Stoffwechsel und Ereignisse durchgemacht: Vielleicht war er zuerst das Sediment eines Meeres oder glühender Auswurf der Erde; er erkaltete, wurde empor gefaltet, der Witterung ausgesetzt; dem Eis, das ihn glatt schliff, dem Regen und Frost, der ihn sprengte, dem Bach, der ihn zu Tal trug, zermalmte und rundete. So hat dann ein Stein gewiss nicht weniger erfahren als wir in unserem irdischen Dasein – nur in unendlich längeren Zeiträumen.

# 5. Über die Füllung der Zeit mit Ereignissen

Erich neigte zu der Annahme, dass die Zeit nur für uns Sterbliche den Charakter unwiederbringlichen Verfliessens besitzt. Damit wir aber ihren Fluss überhaupt bemerken, müssen Ereignisse eintreten, kommen und gehen. Keine Ereignisse hiess, kein Fluss der Zeit.

Ein Ereignis ist alles, was wir wahrnehmen, empfinden oder tun. Je mehr Ereignisse wir in unsere Stunden oder Minuten füllen – seien es Herzschläge, Beobachtungen oder Handlungen – umso schneller fliesst unsere innere Zeit, und umso stärker dehnen oder nutzen wir im Verhältnis dazu die äussere Zeit der tickenden Uhr. Je weniger wir dagegen erleben, desto schlechter nutzen wir die äussere Zeit; sie scheint uns dann unter den Fingern zu zerrinnen und zu entgleiten, sich zusammenzuziehen, weil nicht passiert. Die Klage, dass mit zunehmendem Alter die Zeit immer schneller vergehe, hängt gewiss mit diesem Phänomen zusammen.

Die Vorstellung, eine Einheit äusserer Zeit mehr oder weniger gut – oder dicht – mit Ereignissen zu füllen, mit Wahrnehmungen und Handlungen, kurz: mit Verarbeitung von Information, sollte allerdings nicht nur quantitativ, sondern auch qualitativ verstanden werden. Eine gute quantitative Füllung hiesse demnach: schnelle Informationsverarbeitung, schneller Stoffwechsel, schneller Herzschlag, hohe Adrenalinausschüttung; quantitativ schlecht gefüllt bedeutet das Gegenteil. Die Qualität der Füllung müsste sich auf den emotionalen Gehalt der Ereignisse beziehen, ob sie für uns neu, erstmalig, spannend oder angsteinflössend sind, ob sie tiefe Gefühle produzieren und damit auch im Langzeitgedächtnis abgelegt werden; oder ob sie monoton, ritualisiert, erwartet und redundant sind, und uns deshalb nur gering berühren. So gesehen mochte eine gute Füllung der Zeit auch aus relativ wenigen, dafür emotional hoch bedeutsamen Ereignissen bestehen.

Das treffendste Beispiel einer solchen »schlechten« oder mageren Füllung der inneren Zeit schien Erich der Winterschlaf mancher Arten zu sein, der nach neuesten Erkenntnissen der Biologie sehr viel weiter verbreitet ist, als man ursprünglich vermutete. Durch extreme Verlangsamung der inneren Zeit, etwa der Stoffwechselvorgänge, wird die äussere für den Bären oder das Murmeltier so sehr beschleunigt, dass nach dem Aufwachen unmerklich und sozusagen im Zeitraffer Monate übersprungen wurden. Dabei dürfte der Frosch im Herunterfahren seiner Lebensprozesse den Rekord halten, denn während Bär und Murmeltier lediglich Atmung, Herzfrequenz und Stoffwechsel verlangsamen (und zwischenzeitlich sogar aufwachen, um zu futtern und auszuscheiden), lässt der winterlich eingefrorene Frosch selbst diese Grundfunktionen noch erlöschen, und einzig die Glukose, der Fruchtzucker, hält als Frostschutzmittel seine Zellkerne am Leben.

Die innere Zeit des Menschen kennt keine derart ausgeprägte periodische Zweiteilung der Stoffwechselaktivität oder auch des Sexualtriebs. Wenn unser Zeitempfinden variiert, dann sind solche Erfahrungen relativ kurzfristige

Episoden unseres Alltagslebens. Wir beobachten bei uns eher einen durchgängigen »Normalzustand«, der ab und zu von aussergewöhnlichen Zeiterfahrungen abgelöst werden kann, die – statistisch ausgedrückt – »normal« um einen Durchschnittszustand streuen.

Den umgekehrten Fall eines deutlich verlangsamten äusseren Zeitflusses bei verstärkter innerer Tätigkeit pflegen wir unter gewissen körperlichen und seelischen Ausnahmezuständen zu erleben: Fieberdelirien, starke Angst, höchste Lust, nahender Tod, hohe Adrenalinausschüttungen, extreme Abwehr- und Fluchtbereitschaft; aber auch Träume und halluzinogene Drogen können den Fluss der Zeit zum Gerinnen bringen.

Er erinnerte sich an die typische Erfahrung gedehnter Zeit, die der Konsument bewusstseinsverändernder Drogen wie Cannabis oder LSD macht, die von der psychiatrische Literatur ahnungslos als »gestörte« oder »verzerrte« Zeitwahrnehmung abgetan wird, obgleich das Phänomen in seinen Augen recht einfach zu erklären war: Wenn etwa eine kurze Fahrt mit der Strassenbahn oder ein Spaziergang wie eine Weltreise anmutet, so liegt das an der prallen Füllung der Zeit mit neuen Eindrücken, sodass man glaubt, bei einer solchen Informationsflut müsse viel mehr Zeit verstrichen sein. Mehr und neuartige Eindrücke vor allem deshalb, weil die Wirkung dieser Drogen – im Gegensatz zum Alkohol – offenbar zusätzliche Ebenen erschliesst, wo früher nur Oberfläche war. Da so zum Intellekt die Sinnlichkeit, zur Kommunikation die Metakommunikation hinzutritt, da sich Hintergründe auftun, wo vordem nur Vordergrund herrschte (ein Phänomen, das die frühe kiffende Subkultur kurz und treffend »Durchblick« nannte), da mit anderen Worten die assoziativen Verbindungen erleichtert sind und die innere Zwiesprache mehrere Ebenen zugleich einbezieht, scheinen wir in einer Zeiteinheit quantitativ so viel mehr und qualitativ so viel Neues zu verarbeiten, dass uns die äussere Zeit gedehnt erscheint.: Eine tatsächlich verflossene Stunde kommt uns dann vor, als seien es zwei gewesen.

Eine solche Dehnung der äusseren Zeit konnte man nach Erichs Erfahrung aber auch im nüchternen Zustand, allein durch die Ausschüttung körpereigener Hormone erleben. Wenn er zum Beispiel in einen hitzigen sportlichen Wettkampf verstrickt war, der schnelle Reaktionen erforderte, und wenn der gestiegene Adrenalinpegel sein inneres Tempo so weit erhöht hatte, dass der Schmetterball des Gegners ruhig und vorhersagbar dahergeflogen kam, sodass Erich, während der Ball noch unterwegs war, genügend Zeit fand, aus einer Fülle von möglichen Reaktionen genau die richtige abzurufen (vielleicht sogar eine solche, die den Gegner überraschte), dann erfuhr er ebenfalls eine Dehnung der Sekunden. Es passte viel mehr in sie hinein; statt zwei Entscheidungen pro Sekunde konnte er dann fünfe treffen. Er hätte auch das Bild benutzen können, dass er eine geringere Menge an äusserer Zeit verbrauchte, weil er innerlich so schnell arbeitete.

## 6. Über Zeiterfahrungen am Kickerautomaten oder: wie Zeit und Bewegung zusammenhängen

Flutlicht auf dem Spielfeld, ausverkauftes Stadion, Stimmung unter den Fans. Hölzenbein im blauen Dress, blondschopfig und grinsend wie seine übrigen Teamkollegen, stoppt einen Pass im Mittelfeld, umspielt mit einer Körpertäuschung den gegnerischen Libero, sieht für den Bruchteil einer Sekunde freie Schussbahn ins kurze Eck des Tors der Roten und riskiert eine Fünfunddreissigmeterbombe, die mit ohrenbetäubendem Krachen neben dem verdutzten Keeper im Kasten einschlägt. Erstes beifälliges Murmeln unter den Zuschauern, die Spannung löst sich in Schlucken aus der Cola-Büchse, Zigarettenrauch wabert im Lichtkegel über dem Spielfeld.

Kaum hat die Toranzeige den Treffer registriert, ist der Ball auch wieder angespielt. Die Roten drängen auf den Ausgleich, aber ihre Bemühungen wirken zu verkrampft. Besonders Gambadilegno, der teure Neueinkauf aus dem Nachlass der abgestiegenen italienischen Ersten Division, verzettelt sich heute immer wieder in nutzlosen Dribbel-Einlagen. Mit seinen ballverliebten Ego-Trips scheitert er so gut wie regelmässig an der unprätentiös, aber effektiv spielenden Abwehr der Blauen, und auch sein Doppelpassspiel mit dem vielgerühmten Beenhakker von Ajax Amsterdam verleiht der Partie keine Glanzlichter. Je mehr er sich im Zweikampf am gegnerischen Strafraum verbeisst, umso durchschaubarer wird sein Spiel für Piedbois, den zuverlässigen, wenn auch ein wenig einfallslosen Verteidiger der Blauen. Schon sind die ersten Missfallensäusserungen der Zuschauer zu hören. Mit dem jungen Piedbois, einem blonden normannischen Hünen aus der zweiten französischen Liga, sind die Blauen dagegen bestens bedient: Ein frisches Talent, das sich nicht scheut zu rackern und mit einer gelungenen Kombination aus Mann- und Raumdeckung dem narzisstischen italienischen Star das Leben schwer macht. Verlass ist dagegen bei den Roten auf Woodfoot, einen weiteren Legionär, der seinen Strafraum bedingungslos mit der ihm eigenen schottischen Härte ausputzt. Woodfoot spielt bereits die zweite Saison bei den Roten, und über seinen möglichen Transfer zu einem spanischen Spitzenverein wird zur Zeit viel gemunkelt. Eben hat er in bewährter Manier einen Abpraller von Hölzenbein volley aus der Luft genommen und quer über das gesamte Spielfeld hinweg zum gegnerischen Tor zurückbefördert, wo er donnernd an den Pfosten prallt. Aufschrei unter den Zuschauern – Bullerholz, der blaue Torwart, hätte bei wenig besserer Plazierung des Balles keine Chance gehabt.

Eine Etage höher, im Nachthimmel des Stadions, über den Schwaden undefinierbaren Rauchwerks sieht man vier riesenhafte, erhitzte menschliche Gesichter, die sich über das Spielfeld beugen. Wie die Götter der griechischen Mythologie bedienen sie sich der grinsenden Akteure auf dem grünen Kunstrasen für die Verwirklichung ihrer eigenen Pläne und Vorsätze; lassen sie – selbst mit menschlichen Schwächen behaftet – ihre Ebenbilder auf blitzenden Stangen tanzen, rotieren, rochieren, die Bälle treten.

Derart mittels ihrer Marionetten mit- und gegeneinander spielend lernen sie, wie ihre antiken Vorgänger, die Struktur des Kosmos kennen: Die östlichen Prinzipien des Tao ebenso wie die westlichen Einsichten in die dialektischen Zusammenhänge des Lebens entwickeln sich auf dem Spielfeld unter ihren Augen. Sie erfahren handgreiflich, dass Zwang immer nur weiteren Zwang gebiert, dass der Zweck mitnichten die Mittel heiligt, sodass ein Krieg für den Frieden von vornherein zum Scheitern verurteilt ist. Sie lernen spielerisch, dass Verkrampfung alle Handlungen zum Ritual erstarren lässt und vorhersagbar macht; dass man mit zusammengebissenen Zähnen meistens ein Eigentor schiesst, während alles gelingt, wenn man sich im Fluss der Dinge bewegt, und dass »Mehr-Desselben« als bevorzugtes westliches Prinzip der Krisenbewältigung oder Konfliktlösung den Gipfel der Einfallslosigkeit darstellt. Wir menschlichen Wesen mit unserer begrenzten Lebensspanne erfahren darüber hinaus bei diesem Spiel einiges über die Natur und den den richtigen Gebrauch von Zeit – eine Lektion, welche die Unsterblichen weniger interessiert haben dürfte. Wir erleben staunend Beschleunigung oder Verzögerung unseres inneren Zeitflusses; wir werden hingewiesen auf die Bedeutung von Rhythmus und genauem »timing« unseres Handelns; wir erfahren, wie die zunehmende Geschmeidigkeit der Bewegung Zeit einspart und so die zur Verfügung stehende äussere Zeit verlängert oder langsamer fliessen lässt.

Wenn Erich sich recht erinnerte, war der Kickerautomat, diese Wundermaschine, in den fünfziger Jahren aus südlichen Gefilden in unsere hartleibigen transalpinen Regionen gesickert und hat bis ins heutige Zeitalter der Videospiele in der Gunst der Jugend in aller Welt munter

überlebt. Spielhallen, Kneipen, Schwimmbäder, Jugend-
freizeitheim oder Strafvollzug, Hamburg, Bagdad oder
Hongkong: überall klackert noch die Kickerkugel, wird
Gelächter laut, wird an Griffen gedreht.

Der orthodoxe Kickerautomat besteht erstens aus einem
soliden, verwindungsfreien Holzgehäuse, das die postpu-
bertären körperlichen Eruptionen von vier meist männlichen Jugendlichen klaglos verdaut; zweitens muss er eine
glatte Glasplatte als Spielfeld besitzen, die sich besser als ge-
riffeltes Drahtglas für ballartistische Darbietungen eignet.
Er sollte drittens über gut gelagerte Hohlstangen aus Drei-
Millimeter-Edelstahl verfügen, am besten mit schweren
Holzkickern, die für den nötigen Impuls sorgen und mit
Handgriffen ebenfalls aus Holz zur besseren Schweissab-
sorbtion. Letztere müssen verschraubt und nicht einfach
nur verklebt sein, da nicht unerhebliche Zug- und Dreh-
kräfte (siehe oben) auf sie einwirken. Endlich wird ein ausser Betrieb gesetzter Münzschlucker und ein Satz schwerer
Steingutbälle benötigt, die allein jene unabdingbare kraft-
volle Geräuschkulisse garantieren, die das Kicker-Herz höher schlagen lässt. Es versteht sich von selbst, dass die Stan-
gern, Lagerungen, Handgriffe und Verschraubungen einer
gewissen ständigen Wartung bedürfen. Die Leichtgängig-
keit der Stangen erzielt man am Besten dadurch, dass man
sie mit einem Tropfen feinen Nähmaschinenöls schmiert.
Keinesfalls sind harzende Fette zu verwenden, da diese die
Hartgummi- und Plastik-Lagerschalen angreifen. Derart
gepflegte Stangen können jederzeit mit einem Schuss Spu-
cke bei bester Drehlaune gehalten werden.


Erich liebte dieses Spiel nicht zuletzt deshalb, weil es für
ihn mehr bedeutete, als blosses Geschicklichkeitstraining.

Nach seiner Auffassung stellte das Daddeln in der Kiste ein verkleinertes Abbild des wirklichen Lebens dar. Und so wurde er nicht müde, sich in seinem Kopf fiktive Dialoge mit einem Neuling des Kickerwesens zurechtzuspinnen, welche die pädagogischen Vorzüge jenes primitiven Holzkastens gehörig herausstrichen.

»Schauen Sie doch nur«, würde er dem Ungläubigen entgegenhalten, »was alles mit Ihnen passiert, wenn Sie sich auf diese Kiste einlassen. Sie gewinnen beinahe gratis ungeahnte Einsichten in Ihre psychischen und motorischen Abläufe. Sie lernen, werter Herr, Ihre Blockaden und Verspannungen kennen; und mit etwas Glück, Madame, wird Ihnen die Erleuchtung zuteil.

Möglichen Einwänden zuvorkommend würde er dann rasch fortfahren: »Vielleicht habe ich ein wenig übertrieben; aber wenn ich mir selbst zuschaue in meinem Bemühen, nach längerer Pause wieder in das Spiel zu finden, so durchlaufe ich immer wieder alle Phasen vom Anfänger bis zum Fortgeschrittenen. Ich stehe dann vorm Kicker und frage mich: Was kannst du noch? Was kannst du nicht mehr? Kopf und Hand sind noch getrennt. Man spielt, und gleichzeitig fragt sich der Kopf: Wie war das doch gleich? Die und die Bewegung musst du machen, um den gegnerischen Verteidiger zu umspielen. Der und jener Schusswinkel zur Bande müsste zum Tor führen. Sie zielen, halten an, denken nach. Sie merken gleichzeitig, dass Ihr Handgelenk nicht flüssig läuft, dass Sie zuviel Kraft aufwenden und deshalb eckig spielen und den Ball nicht richtig treffen. Sie erinnern sich vielleicht, dass dagegen hilft, den Oberkörper in die richtige Relation zu den Händen zu bringen, aus der Körpermitte heraus zu agieren, auch Beinarbeit zu leisten. Das alles mögen Sie sich ins Bewusstsein gerufen haben, aber von einer angetörnten Spielweise sind Sie noch weit entfernt. Sie spielen und wissen zugleich im Hinterkopf, dass irgendwo in Ihnen eine Ebene des motorischen Ausdrucks verschüttet liegt, die es wieder zu finden gilt, eine Ebene, wo alles fliessend und leicht wird. Eine Ebene, die Sie von früher kennen und nach der Sie sich sehnen, von der Sie aber nie wissen, ob sie Ihnen auch heute zugänglich wird. Eine Ebene, wo – um ein Beispiel zu nennen – die Drehungen der Handgelenke an den Stangen, mit denen Sie Ihre Spieler zum Schiessen bringen, sich zu einer fast unsichtbaren peitschenartigen Zuckung reduzieren – schnapp! – und das mit dem geringsten Kraftaufwand. Wo das Timing Ihrer Bewegung in Bezug auf den rollenden Ball auf die Hundertstelsekunde stimmt. Und wo das alles dem Ball eine Anfangsbeschleunigung gibt, dass erst das Ohr den Einschlag ins Tor registriert.

Die Tonkulisse oder wie man neudeutsch sagt, der sound ist durchaus wichtig in diesem Spiel. Einfach ausgedrückt: Je höher die Vaunull, umso trockener das Krachen der Kugel beim Aufprall auf die hölzerne Rückwand des Tores – Potenz kommt also nicht zu kurz! Das »Klack« des Abschusses und das hohle »Bäng« des Einschlags verschmelzen zu einem einzigen Ton, gefolgt von dem charakteristischen Gekoller, mit dem der Ball nach seinem Torerfolg in den Hades stürzt. Und danach das dumpfe unterirdische Rollen der Kugel durch den Bauch der Mechanik dem Ausgang, dem Maul des Apparates zu, wo sie, sofern das Münzwerk ausser Kraft gesetzt, als Schaumgeborene mit einem leisen »Klick« ihre bereits aufgereihten Schwestern zur Seite schiebt und sich zur beschleunigten Wiederverwendung anbietet. Wie dem auch sei: Auf dieser Ebene der motorischen Euphorie, mein Freund, sind wir noch nicht angelangt. Vorläufig stecken Sie noch in der schlimmsten Phase, die Ihnen bei diesem Spiel zustossen kann, wo Sie minutenlang dem Ball hinterherlaufen, ohne ihn zu treffen.

Sie fühlen sich abgrundtief hässlich, nutzlos und impotent, Sie knirschen mit den Zähnen, versuchen das Tempo zu steigern und sind doch immer eine Zehntelsekunde langsamer als der Ball, der von allem Möglichen bewegt wird, nur nicht von Ihrem Zutun. Die andern scheinen blendend ohne Sie auszukommen: Sie sind zur Statistenrolle verdammt, zum Dasein eines geschäftigen Griffedrehers und Knopfdrückers, der verzweifelt an seine Wichtigkeit glauben möchte, während die Entscheidungen vor seinen Augen kühl und routiniert von anderen getroffen werden.

Da rollt also die Kugel munter vor Ihnen her, bringt Sie in Raserei durch die Gemütlichkeit, mit der sie durch Ihre Reihen spaziert, geradewegs ins Tor, unterwegs etwa fünfmal haltbar. Dabei sind Sie aber dem Ball mit hängender Zunge hinterher gehechelt, haben sich fast das Handgelenk verstaucht, eine Stange verbogen und drei Kicker abgebrochen und waren doch immer einen Schritt zu langsam. Anfänger pflegen in diesem Fall Ihre Kicker verbissen in Rotation zu versetzen, weil sie glauben, so wären sie schneller; oder wie von Sinnen an ihren Stangen hin und her zu zerren in dem aberwitzigen Bemühen, einem gemächlich rollenden Ball in wachsender Hast den Weg zu verlegen.

Vielleicht werden Sie auch vom Gegner in ihren eigenen Strafraum zurückgedrängt, kommen nicht mehr heraus und geraten in Panik. In dieser Situation macht sich dann Ihr Kontrahend einen Spass daraus, aus allen Lagen auf Ihr Tor zu ballern und die gehobene Stimmung unter den

Mitspielern, deren Anlass Ihr chaotischer Gemütszustand ist, durch flotte Sprüche weiter zu steigern. Ihrem Torwart fallen die Ohren ab, Ihre Handflächen glitschen vor Schweiss, aber Ihr Gegenüber schnappt sich mit traumhafter Sicherheit jeden Abpraller vor Ihrer Nase weg und schickt ihren verzweifelten Keeper von einer Ecke in die andere. Während Sie also alle Hände voll zu tun haben, den Rhythmus seiner Schüsse zu parieren, besitzt der noch die kühle Überlegeneheit, seinen nächsten Schuss, auf den Sie sich gerade einstellten, um ein Weniges zu verzögern und einen sanften Roller auf Ihr Tor zu schicken. Nun zeigt uns die Zeitlupe Folgendes: Während Sie in gewohnter Manier in die Ecke hechten, ist der Ball noch nicht mal unterwegs. Und während Sie zurückrasen, um den Fehler wieder gutzumachen, fängt der Ball an zu rollen; und während Sie einzusehen beginnen, dass Sie immer noch zu schnell sind, ist der Ball auf halbem Weg. Und während Sie auf diese Weise atemlos damit beschäftigt sind, Ihren Ausgangsfehler bis ins fünfundzwanzigste Glied wieder einzurenken, defiliert die Kugel endlich salutierend an Ihrem Torwart vorbei ins Loch. Wenn Sie dann am Ende so weit sind, dass Sie schon drei Spielzüge im Voraus das unvermeidliche Tor kommen sehen, das Ihnen der Gegner verpassen wird, dann bekommen Sie eine Ahnung davon, was Sie alles zu verdauen haben, bis Sie die Weihen als Profi kriegen. Das ist die depressive Katharsis, jetzt sind Sie reif im Sinn von mürbe; jetzt begreifen Sie, dass es so nicht weitergehen kann. Die Ebene muss gewechselt werden, aber wie?

Bekanntlich kann man Spontaneität nicht herbeizwingen. Also heisst es vielleicht: innehalten, tief ausatmen, unscheinbar wieder anfangen, keine imponierenden Tricks versuchen und sich nicht allzusehr exponieren, einfach die Kugel am Laufen halten. Und siehe da, falls die Sache klappt, können Sie dem Ball wieder folgen, bekommen ihn unter Kontrolle. Sie bewegen das Handgelenk mit dem bewussten Peitscheneffekt, und die Bälle kriegen plötzlich Beine. »Schnapp«, das Handgelenk und »Bäng«, der Ball. Und nochmal, und nochmal. Das Spiel selbst beginnt Spass zu machen, der Konkurrenzdruck wird vergessen, Verbissenheit fällt ab, das Ego macht sich klein. Auf einmal merken Sie, dass Sie den Ball überhaupt nicht mehr mit dem Auge fixieren. Erstaunt stellen Sie fest, dass die wahnsinnig schmetternde, fliegende, prellende, querschlagende Kugel für Sie wie auf Fäden läuft, die immer wieder zu Ihren Spielern zurückführen.

Sie haben den ballführenden gegnerischen Spieler und die Situation um ihn herum im Auge und empfinden in der Stellung Ihrer Hände ohne hinzuschauen, dass die Linie zwischen ihm und Ihrem Tor gedeckt ist. Sie sind sich sogar so sicher, dass sein Schuss auf einen bestimmten Spieler von Ihnen prallen wird, dass Sie – »schnappbäng!« – seinen Angriff übergangslos in einen Gegenangriff umkehren, den aufprallenden Ball mit verstärktem Effekt zu ihm zurückschicken, und die Kugel ist schon längst in seinem Tor, während er noch denkt, das »Bäng« sei aus Ihrem Kasten gekommen. Oder aber Sie empfinden mit der gleichen körperlichen Sicherheit, dass sich quer über das gesamte Spielfeld hinweg, durch fünf, sechs Spielerreihen hindurch, eine Lücke von wenig mehr als Ballbreite auftut; und mit traumtänzerischer Sicherheit durchläuft der Ball die nur sekundenlang sich bietende hohle Gasse durch einen Wust von eigenen und Gegenspielern. Das Fädenziehen funktioniert auch beim Spiel über die Bande (»schnappzackbäng«); und komplexe Bewegungsabläufe wie »Ball-seitlich-am-blockierenden-Gegner-vorbeiziehen/zurechtlegen/ausholen/schiessen« werden zu einer fliessenden Linie, vergleichbar einem vorschnellenden Kobrakopf – »ssswitschbäng«!

Und wenn der Ball dann wie eine Flipperkugel im Apparat zoomt und auf dem Spielfeld die kontrollierte Raserei ausbricht, dann entdecken Sie eventuell, wie beim Tanz der Sufis, inmitten des Chaos ihr ruhendes Zentrum. Von diesem Punkt der Übersicht aus können Sie ein Vielfaches der Information verarbeiten, die Sie im gleichen Zeitraum im Alltag bewältigen. Der Zeitfluss verlangsamt sich, sie haben üppig Zeit zum Reagieren; die komplizierteste Bewegung ergibt sich wie notwendig von selbst; die Zehntelsekunden werden Ihnen zu Sekunden, die Hundertstel zu Zehnteln. Sie leben in einer anderen Welt. In einem solchen Zustand spielend erfahren Sie, dass Sie auf die üblichen Tricks verzichten können. Sie spielen ihrer Eingebung folgend und erkennen, dass es nur darauf ankommt, in jedem Moment einfach das zu tun, was der Gegner nicht erwartet. Sie leben im Jetzt, im Augenblick, wie es die Weisen fordern.

Das Beste aber, mein Freund, ist die Eigenschaft des Spiels, uns die dialektische Grundstruktur menschlichen Handelns unmittelbar vor Augen zu führen. Wenn Sie zum Beispiel abheben und sich zu einem vorschnellen Höhenflug verleiten lassen, wenn Sie so recht Ihr Ego plustern und dem Gegner, möglichst mit Vorankündigung, zeigen wollen, was `ne Harke ist, und ihm eine vernichtende Bombe aufs Tor schicken und der Abpraller, schneller als Sie schauen können, in ihrem eigenen Gehäuse verschwindet – dann lachen Sie vielleicht mit den anderen über Ihr Missgeschick, beginnen aber doch nachdenklich zu werden. Aus Eigentoren, das ist meine Erfahrung, kann man am eindrucksvollsten lernen. Tore, die dir dein Gegner oder das Schicksal eigentlich verpassen sollten, besorgst du dir selber!

Die Erfahrung solcher Heimzahlungen ist aber auch ein Trost für die kleinen Machtlosen wie unsereins. Auch die Grossen, wenn sie unter Druck stehen, schiessen ihre Eigentore, und dann werde ich auf den Rängen sitzen, vielleicht mein Pfeifchen rauchen, und mir trotz aller Weisheit, die ich bis dahin erlangt haben werde, ein kleines Beifallklatschen nicht verkneifen.«

# 7. Gedehnte Sekunden

Erichs Bestreben war es, der Beschleunigung der äusseren
Zeit, die durch eine Verödung der inneren erzeugt wird,
wenigstens für seine Person entgegenzuwirken, oder anders gesagt, die äussere Zeit zu dehnen, ihren Fluss zu verlangsamen durch dichtere Füllung des inneren Zeitflusses
mit Ereignissen. Dabei leitete ihn die Überzeugung, dass
die Zeit zu dehnen gleichbedeutend war mit einem inten-
siveren Leben, im Guten wie im Schlechten. Die Zeit zu
dehnen hiess für ihn, mehr vom Leben haben zu wollen.
Er bestand deshalb darauf, die zwischen Weihnachten und
Ostern zusammengeschnurrte Zeit, die ihm gestohlen werden sollte, für sich zu reklamieren, das heisst, die geraffte
Zeit wieder zu entfalten und mit Ereignissen zu füllen. Zeit
ist zu kostbar, um sie nutzlos verfliegen zu lassen.

Geraffte Zeit schien ihm in gewissem Sinn ereignisärmer,
jedenfalls was individuelle Ereignisse betraf. Der Zeitraffer
ebnet ein, zeigt den Durchschnitt, so wie er auf der Gross-
baustelle zwar den groben ruckhaften Fortschritt von Tag
zu Tag zeigt, den ein ameisenhaftes Arbeitergewusel zu-
stande bringt, nicht aber wie sich Zimmerer XY am So-
undsovielten dann und dann mit dem Hammer auf den
Nagel schlug und betriebsärztlich versorgt werden musste.
Oder um ein anderes Beispiel zu nennen: Was soll man

von einem Liebhaber halten, der die Zeit beim Liebesakt nicht dehnen, seinen Höhepunkt nicht hinauszögern kann? Der die Zeitspanne zwischen Rein und Raus (den einzigen markanten Zuständen seiner bedauernswerten Ausstülpung) zu einer spannungslosen Leere, Rammeln genannt, zusammenrafft?

Der Zeitrafferblick war in Erichs Anschauung eine Abstraktion vom »wirklichen Leben«, eine abgehobene Veranstaltung, die vielleicht einem Geschichtsprofessor von Nutzen war, aber keinem Menschen, der im Hier-und-Jetzt klarkommen muss. Die Zeitlupeneinstellung dünkte ihn da deutlich lebensnäher. Nicht zufällig sind es doch jene kurzen Momente gedehnter Sekunden, in denen uns grosse Gefühle, Glück oder Unglück, Schande oder Erfolg zustossen, die uns lebenslang im Gedächtnis haften bleiben.

Er dachte an Momente hoher Angst, die sich ihm eingeprägt hatten, etwa an seinen glimpflich verlaufenen Unfall, wo vom ersten Schleudern seines Wagens bis zum Ausritt auf den Acker die Sekunden sich schier endlos gedehnt hatten. Er dachte an die Situationen der Scham und der Peinlichkeit, an die Angst, zurückgewiesen zu werden, die lange Zeit seine Beziehungen zum anderen Geschlecht bestimmte und die ihm, neben lustvollen Erinnerungen, einen Koffer voll unvergesslicher, peinlich gedehnter Sekunden beschert hatte. Selbst in seinem gesetzten Alter war er nicht völlig gefeit gegen sie. Zum Beispiel jene Party neulich, zu deren Besuch er sich nur halbherzig entschlossen hatte, wohl wissend, dass die Sache unter solcher Voraussetzung schief zu gehen pflegt:

Da hatte er sich schon beim Betreten der Szene fehl am Platz gefühlt: Vor ihm eine überfüllte Tanzfläche mit einer Sorte Musik, die er hasste – ein eintöniger elektronischer Beat, der zu Marschmusik degradiert hatte, was einmal Rock´n Roll war; dazu eine gedrängte Menge meist einfallslos zuckender Leiber, die von der obligaten Schar unentschlossen herumstehender Gaffer umgeben war, die ein Glas in der Hand hielten und rauchten. Im Hintergrund eine Bar, an der es hoch herging: Brandungswellen männlichen Geblökes mit Schaumkronen weiblichen Gekreischs, die sich an den Pointen offensichtlich schlüpfriger Witze brachen. Beginnende alkoholisierte Auflösung von Umgangsformen und Gesichtern.

Der Erich blieb am Eingang stehen, hielt unschlüssig eine Flasche Pils vorm Bauch und betrachtete das Ganze wie ein Ethnologe, der das Paarungsverhalten eines exotischen Stammes untersucht. »In allen Kulturen das gleiche Spiel«, ging ihm dabei durch den Kopf: Die Männchen rennen spermienmässig um die Wette, die Weibchen wählen aus. Dabei hielt er gewohnheitsgemäss gleichfalls Ausschau nach Frauen, die ihm gefallen könnten. Ob er sich auf ein Wettrennen einlassen würde, stand noch dahin. Doch alles was er vorläufig sah, waren die beiden Grazien dahinten an der Bar, die sich etwas abseits der wellenschlagenden Menge mit zusammengesteckten Köpfen unterhielten; doch die entsprachen nicht ganz seiner heutigen Stimmung: Eine hagere Blonde und eine brünette Rundliche, beide in forschem Balzgefieder, das männliche Angebot augenscheinlich taxierend und kommentierend. Die Blicke, die sie in die Menge warfen und untereinander austauschten, zogen ihn in ihren Bann, und er begann nebenbei, während er die beiden Frauen weiter beobachtete, über die Kraft des

Blickes als, sagen wir, kommunikatives Medium nachzudenken.

Er sah, wie der blonde Haken, schon halb über den Tisch zur brünetten Schwellung hingebeugt und ganz begierig, Vertrauliches zu offenbaren, zuvor noch einen letzten Blick in die Runde warf, ob auch niemand lausche oder zuschaue, und dann sein Mundwerk in Bewegung setzte. Die andere wiederum rückte ihr Ohr dem Quell der geheimen Offenbarungen ganz nahe, kontrollierte aber zugleich, über die Schulter der Erzählerin äugend, solidarisch deren rückwärtige Hemisphäre – wobei ihr Blick den seinen streifte. Das Ganze hatte etwas von der Koketterie junger Mädchen, in der sich Herausforderung und Abwehr die Waage halten.

Zweifellos hatte die Rundliche sein voyeuristisches Interesse an ihrer beider Darbietung bemerkt, denn ihre Augen kehrten zu ihm zurück und machten Anstalten, sich in ihn einzubohren, während sie in ihrer reglosen Stellung verharrte. Er aber hatte kein Bedürfnis gehabt, sich mit ihr anzulegen, und so nahm er einen Schluck aus der Flasche zum Vorwand, den Blick abzuwenden und dem drohenden Dialog auszuweichen. Sollte er, fremd wie er sich heute fühlte, wirklich die Bühne betreten und in dieser schwitzenden Aufführung mitspielen?

Vorläufig wollte er es lieber beim Studium der Blicke belassen, und die hielten sich unbezweifelbar an das bekannte Drehbuch vom Jagen und Pirschen, vom Fangen und Versteckspiel, von Gewinnern und Verlierern, von Abwartenden und Beobachtern am Rande, die, wie er, zusahen, wie die Begierden einander suchten, trafen oder verfehlten.

Man sagt, dachte Erich, Blicke könnten eine deutlichere Sprache sprechen als Worte, und in gewisser Weise hat der

Volksmund recht. Ein Blick mag zwar in seiner Bedeutung unspezifischer sein, als ein Wort, das heisst auf einer oberflächlichen Ebene weniger Unsicherheit über die Absichten des Senders abbauen, als ein gesprochener Satz, dafür aber erzählt er von tiefer liegenden Absichten, die hinter den Worten liegen. Dabei reichen Blicke über weitere Distanzen als gesprochene Worte; sie können lautlos über Entfernungen hinweg geworfen werden, die man mit Worten nur schreiend überbrücken könnte. Ja, Blicke bahnen meistens überhaupt erst die Worte an – oder verbauen ihnen den Weg. Sie können jemanden erschrecken oder überrumpeln; sie können den anderen veranlassen, die Augen niederzuschlagen oder dem Blick standzuhalten, zu erröten, zu lächeln oder brüsk sich abzuwenden; sie können drohen, besänftigen oder Angst einflössen.

Da stand er also mit der Flasche in der Hand am Rande des kommunikativen Strudels, tauschte hier einen knappen Gruss, wehrte dort kurzsilbig ein Gespräch ab, liess endlich die Ebene ausgetauschter Wörter gänzlich hinter sich und überliess sich einer distanzierten Anschauung des kommunikativen Geschehens, das vor seinen Augen abrollte: Da wendeten Gesichter sich einander zu, bewegten gegenseitig ihre Münder, warfen Seitenblicke, stiessen Laute aus. Fratzen und Grimassen gab es, die das Maul aufrissen oder die Zähne bleckten; Köpfe, die sich drehten oder vor- und zurückwarfen; Augenbrauen, die wie haarige Raupen über eine Stirn krochen; Sprechorgane von erstaunlicher Beweglichkeit, die in einem Antlitz umherwanderten, sich verzogen, schlängelten, kräuselten, zuckten, sich aufwarfen, kurz: ein erstaunliches Eigenleben führten.

Zuletzt hatte es ihm ein unglaublich bewegliches toma-
tenrotes Lippenpaar angetan, das sich in geringer Entfernung mit zwei weiblichen Personen unterhielt, und in einer
ausgesprochen attraktiven,schwarz umkrausten Manege
die tollsten Kapriolen schlug. Kruzefix! Seine Traumfrau!
Doch bevor er sich noch eingehender der Person hinter den
Lippen vergewissern konnte, schreckte er plötzlich auf, be-
greifend, dass die letzten Bewegungen dieser wundersamen
Lippen und das deutende Kopfnicken ihm, dem Beobachter, gegolten hatten.

Oh, das Auftauchen aus der Tiefe war ein mühsames Geschäft! Da hatte er im Schlamm gegründelt mit seinem
Wallerbart, hatte sich eben noch über die Ähnlichkeit eines
gewissen Mundes mit einem Vogelschnabel oder dem Maul
eines Frosches oder Zackenbarsches oder dem Fresswerk-
zeug einer Hyäne gewundert, hatte sich von einem Paar be-
weglicher roter Lippen hypnotisieren lassen und nun dieses
Auftauchen an die Oberfläche sozial akzeptierter Wörter
und Sätze, vergleichbar einem taucherischen Notaufstieg
ohne Dekompressations-Pausen! Wie ein plötzlich von der
Lehrerin aufgerufener träumender Schüler fühlt er sich nun
seinerseits ertappt, und während er unter Blubbern und Oh-
renknacken an die Oberfläche strebt und nach Luft schnappt,
legt er sich schon eine Entschuldigung parat. Und zugleich
entstand ein weiteres subaquatisches Bild vor seinen Augen,
indem ihm klar wurde, wie vieler Gedankengründeleien es
doch gewöhnlich bedurfte, bis endlich, gleich einer aufper-
lenden Blase im Wasser, ein Wort oder ein ganzer Satz zum
Aufstieg an die sprachliche Oberfläche sich entschliesst.
  Diese hochgetriebene Äusserung zeigt nichts mehr vom
Reichtum und der Vielfalt der zuvor in der Tiefe veran-

stalteten Gedankenketten, sodass sie, ähnlich einer öden Felseninsel oder einem weit abgetriebenen Eisberg, einsam herausragt aus einem Meer von Ungesagtem.

»Is was, Cowboy?«, hatte sie gefragt, als sein Blick auf ihren wartenden traf. Aber statt wie John Wayne zu sagen: »Gewiss, Lady, darf ich Sie zu einem Drink einladen?«, um dabei die Sprache auf ihre hinreissenden Lippen zu bringen, hatte er eine erbärmliche Ausflucht gemurmelt und verloren.

## 8. Über die Taktung der Zeit durch Ereignisse, Theorie und Praxis.

Natürlich erinnerten ihn solche mittlerweile seltenen Peinlichkeiten wie auf jener Party an seine Jugend, und er betrachtete sie als die letzten Ausläufer oder Nachbeben der Schüchternheit und Gehemmtheit, die er anfangs den Frauen gegenüber an den Tag gelegt hatte. Wollte man die Entwicklungsgeschichte eines beliebigen Menschen unter dem Aspekt der wichtigsten Ereignisse erzählen, die sein Leben, seine Lebenszeit bis heute massgeblich getaktet haben, so müsste man die Geschichte seiner eigenen Jugend getaktet sehen durch eine mühsame, schrittweise Eroberung des weiblichen Körpers und seiner entsprechenden »Mannwerdung«. Wobei sich Erich sofort für das kriegerische Wort »Eroberung« entschuldigt hätte, war er doch Frauen gegenüber alles andere als feindlich gesinnt. Aber dieses Wort stammte noch aus seiner Erinnerung an eine Zeit, als ihm der ersehnte weibliche Körper wie eine Festung erschienen war: Uneinnehmbar! Auf seinen Kopf ergossen sich Wolken von Pfeilen, die Pechnasen spien giftige Säfte auf sein Haupt; die Zugbrücke über dem Burggraben war hochgezogen und der Eingang hinterm Fallgitter verrammelt.

Seit jenem Morgen am Bergbach hatte Erich geahnt, dass erst Ereignisse die Zeit zum Fliessen bringen und dass wir ohne deren Taktung den Fluss der Zeit genauso wenig bemerken würden, wie das tägliche, millimeterweise Wachsen unserer Kinder. Erst bei bestimmten Gelegenheiten, wenn die Schuhe zu klein geworden sind, oder wenn wir wieder nachmessen, stellen wir fest, dass sie »schon wieder gewachsen« sind, wieviel Zeit schon wieder verflossen sein muss. Die Ereignisse »Schuhe zu klein« und »Nachmessen«, die uns das Vergehen von Zeit überhaupt erst bewusst gemacht haben, setzen wir aber in gewisser Weise selbst. Wir erhielten beide Ereignisse durch eine Tätigkeit des Aussonderns von »Gestalten« aus der endlosen Flut von Reizen, die auf unsere Sinnesorgane einströmen. Das heisst schlicht gesagt: Wir haben, wie die Henne, die Stimuluskörner herausgepickt, die uns interessieren. In diesem Sinn ist an der Entstehung von »Ereignissen« immer auch das subjektive Ich mit seinen Auswahl-Motiven, seinen Interessen und Gefühlen beteiligt.

Die stundenschlagende oder sekundentickende Uhr ist der Standard-Takt, der uns das Vergehen der äusseren, sogenannten »objektiven« Zeit anzeigt. Eine typische Taktung, ein typisches periodisches Ereignis unserer inneren Zeit ist der Herzschlag, ein Zweivierteltakt von unterschiedlicher Geschwindigkeit im gleichmässigen Fluss der äusseren Zeit. Sowohl die stundenschlagende Turmuhr, als auch das schlagende Herz sind aber menschliche und damit willkürliche oder subjektive Einteilungen der kosmischen Zeit.

Vor aller Zeiteinteilung durch die Menschheit hat aber die Natur, das heisst unser »lokales« Sonnensystem mit seinen Schwerkräften für eine Einteilung, einen irdischen Grundtakt der kosmischen Zeit gesorgt, in den wir hineingeboren wurden, den wir als selbstverständlich betrachten und garnicht mehr bemerken. Erich wunderte sich immer wieder, wie leicht wir alle übersehen, dass uns hier auf der Erde eine grundsätzliche Einteilung der Zeit schon vorgegeben ist, die wir nur hinnehmen, aber nicht ändern können – die Einteilung in Tag und Nacht, Ebbe und Flut, Monate, Jahreszeiten und Jahre. Die feinere Einteilung zwischen diesen Takten war natürlich Menschenwerk, wobei sich in der Zeit- und Raummessung, der Geometrie, das flexiblere Zwölfersystem duchgesetzt hat gegenüber dem Zehnersystem der abstrakten Mathematik. So hat unser Tag 24 Stunden statt 20; hat der Kreis einen Umfang von 360 Grad und nicht von 400.

Diese Takte, welche die Erde durch ihre Umdrehung und ihre Bahn um die Sonne erzeugt, wurden für alles irdische Leben zu wichtigen »Ereignissen«, die ihre Zeitwahrnehmung strukturierten und die von den »Inneren Uhren« aller Lebewesen übernommen wurden. Zugleich schufen diese Takte auch die Rahmenbedingungen für die irdische Messung der äusseren Zeit, für die Stunden, Minuten und Sekunden auf unseren Uhren.

Soweit die Theorie. Wie sieht es mit der Praxis aus?

Wichtige Ereignisse oder Wegemarken, die unser Leben takten, sind von Natur aus all jene Dinge, die »zum ersten Mal« passieren. In der Jugend fliesst die Zeit so langsam, weil so gut wie alles zum ersten Mal passiert: der erste Schultag, die erste Zigarette, der erste Kuss, die erste Liebe, die erste Monatsregel, der erste Geschlechtsverkehr. Danach sind der Schulabschluss, der Führerschein, das erste selbstverdiente Geld, das erste eigene Kraftfahrzeug, die erste eigene Wohnung weitere bedeutsame Stationen auf dem Weg des Heranwachsenden zur Unabhängigkeit. Aber auch im Alter, wenn die Zeit davonzulaufen beginnt und man schon alles zu kennen glaubte, hat man wieder Gelegenheit, die Zeit nach dem Prinzip des »ersten Mals« zu takten. Nur sind es diesmal die Zipperlein, die uns zum ersten Mal begegnen und die wichtigen Zeichen auf dem Weg des Niedergangs setzen: die ersten Haare und Zähne fallen aus, die erste Brille wird gebraucht, die ersten Herzbeschwerden stellen sich ein. Defekte die man schon oder noch nicht hat, werden dann zum bevorzugten Konversationsthema.

Wenn der Erich auf die wichtigen Ereignisse zurückschaute, die seine Jugend getaktet hatten, so erinnerte er sich vor allem an eines: Die Art und Weise, wie man mit seinem eigenen Körper umgeht und zu ihm steht, entscheidet sich ganz wesentlich in der Pubertät. In diesem Alter, wenn der Jugendliche sich fürs andere Geschlecht zu interessieren beginnt, ist die Beschäftigung mit der eigenen körperlichen Erscheinung von lebenswichtiger Bedeutung; an Pickeln, Haaren, Busen und Muskeln hängt der Lauf der Welt. Man muss die Rolle eines attraktiven Sexualpartners lernen und fragt sich dabei voller Unsicherheit: Bin ich ein »richtiger« Mann, eine »richtige«Frau? Woran fehlt es an meiner Weiblichkeit oder Männlichkeit? (Natürlich denkt man in diesem Alter nur an seine Oberfläche.)

Wenn er sich recht erinnerte, machte ein blondes Mädchen in der ersten Volksschulklasse in Mannheim den Anfang einer schier endlosen Kette wortlos angebeteter Traumgeliebter. Diese Namenlose schwebte ihm in Tagträumen und beim Einschlafen vor Augen; er war ihr Held, er beschützte sie, und sie streichelte ihn dafür. Das alles geschah nur in seiner Phantasie, denn sie anzusprechen oder gar zu berühren hätte er nie gewagt.

Er musste wohl doch ein ängstliches Kind gewesen sein, obwohl ihm im Rückblick seine ersten Lebensjahre nicht sonderlich unglücklich erschienen. Natürlich gab es da ein paar wunde Punkte: Aufgewachsen mit zwei Frauen, seiner leiblichen Mutter und einer Grosstante, entsann er sich der ständigen Furcht, zu mädchenhaft zu sein. Die war ja durchaus begründet: musste er doch als einziger unter den Buben nicht nur die schrecklichen hohen Schnürstiefel tragen, sondern in der Übergangzeit auch lange braune Baumwollstrümpfe, deren Strapse unter den kurzen Hosen herauschauten. Und das Schlimmste: sie hielten seine glatten blonden Haare mit einer weibischen Haarklammer davon ab, ihm in die Stirn zu fallen und betonten dabei gleichzeitig, was für ein »hübsches Bübele« er doch sei. (Kein Wunder, dass er danach immer dunkle krause Haare wollte – man will ja immer das, was man nicht hat!) Infolgedessen agierte er zu Hause rotzig-trotzig, während er bei den Jungs auf der Strasse der Ängstlichste war – mit einem Wort: ein kleiner Widerling. Mit dieser Vorstellung von sich, von den Jungen als zu weibisch und den Mädchen als zu wenig männlich angesehen zu werden, sass er also schon von Beginn an zwischen den Stühlen. Folglich zog er sich zurück, las, zeichnete, sammelte Briefmarken, Zigaretten- und Margarinebilder und liebte die Mädchen aus der Ferne.

Zwei Gründe waren es, so schien ihm, die ihn zu jenem verkrampften Typen werden liessen, der sich umso mehr zurückzieht, je schärfer er auf sein Gegenüber ist – Spuren davon entdeckte er ja noch heute an sich. Einmal war da die Angst, zurückgewiesen zu werden; zum anderen überfiel ihn in Gegenwart der Angebeteten so sehr das Bedürfnis nach Nähe und Berührung, wurde er derart überschwemmt von Begierde, dass er nie wusste, was er, einem gewissen

Anstand beim Paarungsritual entsprechend, als verbales Vorspiel seiner drängenden geschlechtlichen Gier voranstellen konnte. Er wollte gleich zur Sache kommen: da er aber fürchtete, sein heisses Begehren würde ihm aus den Augen springen und seine Blicke ihn verraten, traute er sich garnicht erst, sie anzuschauen. Satt sehen am Objekt seiner Begierde konnte er sich nur heimlich.

So wurde er in Bezug auf die Weiblichkeit zum wandelnden Widerspruch, was ihn aber seltsamerweise nicht hinderte, ihr sein Leben lang hinterherzulaufen. Lange Zeit hatte er zugleich ungläubig und neidvoll seine männlichen Altersgenossen betrachtet, die doch wohl dieselben Bedürfnisse hatten, wie er in seiner Heimlichkeit, und die dennoch unter lockerem Geplauder die Mädchen für sich einnehmen konnten.

Während nun dieses erste auf die Weiblichkeit gerichtete Begehren noch körperlich diffus und unbestimmt war und sich in der Vorstellung von Streicheln und Berühren erschöpfte, schälte sich allmählich die geschlechtliche Komponente der ganzen Angelegenheit heraus. Wenn er auch von dem, was Mann und Frau miteinander treiben, wenn sie sich lieben, keine rechte Idee hatte, so gelang es ihm doch immerhin, nach irgendwelchen zufälligen Vorlagen nackter oder pikant verhüllter weiblicher Körper (ein kaum verschleierter Nippel genügte schon), eine Erektion und einen Erguss sich zu verschaffen. So kam er schon frühzeitig mit der Welt der Kunst in intimen Kontakt – in seinem Fall in Gestalt eines zirka drei Kilogramm schweren Wälzers in grünem Leinen mit Goldschnitt und populären Reproduktionen romantischer bis sezessionistischer Malerei, die reichlich Anlass zu feuchten Beschäftigungen boten.

Im Alter von zehn, elf Jahren änderte sich Erichs äussere Situation; er kam aufs Land zu Adoptiveltern, die ihn mit Geduld und Liebe allmählich aus dem Schlamassel seiner Heimlichkeiten zogen. In der neuen Heimat herrschten nicht mehr die Amerikaner, hier war ländliche französische Besatzungszone, wo der gekränkte gallische Stolz sich zu der Anordnung verstieg, dass die Eingeborenen vor den Siegern den Hut zu ziehen hatten.

Immerhin aber zog das neue Leben am Land einen Prestigegewinn unter den gleichaltrigen Jungen nach sich, brachte Erich doch die Erfahrungen der Grossstadt ein. Dort war alles grösser, schneller und moderner. Dort gab es Dinge, die »Fressgass«, die Strassenbahn, die Amischlitten, da hatten die am Land keine Ahnung. Andererseits, das gab er bereitwillig zu, waren hier am Land attraktive Dinge zu entdecken, die er aus der Stadt nicht kannte. Hier wurden Banden gebildet und Bluteide geschworen; hier wurde durch den Wald gepirscht mit Pfeil und Bogen; Schlachtpläne wurden geschmiedet, Fallen gestellt und Feinde verfolgt. Höhlen wurden entdeckt, Ammoniten gesucht, und in der schnellen Wutach gelangen die ersten Schwimmzüge. Im Winter wurden Sprungschanzen aus Schnee gebaut, im Sommer kam man mit blutigem Knie oder zerissener Hose nach Hause. Und Fussball wurde gespielt auf dem dörflichen Sportplatz.

Dort ereignete dann, wie er sich erinnerte, ein weiterer spürbarer Ruck nach oben in der Hierarchie der Jungen. Ein Streit vor dem Tor war eskaliert, die körperliche Auseinandersetzung, die er bis dahin gescheut hatte, war nicht mehr zu vermeiden. Sie schlagen blindlings aufeinander ein, der Gegner blutet ein wenig aus der Nase, er aber nicht – also hatte er gewonnen. Die Schicksalsfrage, der kein männlicher Jugendlicher sich entziehen kann, hatte sich gestellt, und er hatte sie zu seinen Gunsten entschieden. Welch ein Paukenschlag in seinem jungen Leben, von dem kein Erwachsener etwas mitbekommen hatte! Jetzt musste es nur noch mit den Mädchen klappen!

Aber so einfach war das nicht. Er sah sich noch auf der täglichen Fahrt mit dem Schulbus aufs Gymnasium in der Kleinstadt, pickelgesichtig, ständig am Ausdrücken und so die Pickel vermehrend und kämpfend mit den Nachwirkungen seiner ersten narzisstischen Kränkung, den glatten Haaren, die nie halten und liegen; die borstig abstehen, wenn sie kurz geschnitten und rutschen, wenn sie lang sind. Sogar Frisiercreme hatte er probiert! Seine Frisur jener Zeit war an den Seiten ziemlich lang und wurde über die Schläfen nass nach hinten gezogen und à la Entenschwanz zusammengekämmt. Oben drin, und von den Seitenhaaren kaschiert, war, wie man damals sagte, ein Mecki-Schnitt angesiedelt, der, wie Erich meinte, seine fliehende Affenstirn mit den Brauenwülsten nach oben im Profil ausgleichen sollte und verhinderte, dass ihm die Haare ins Gesicht fielen.

Eine solche Frisur war keineswegs pflegeleicht; sie musste zum Beispiel ständig unauffällig befeuchtet werden, wenn sie in Form bleiben sollte. Raufereien waren ebenso zu vermeiden wie heftige Kopfbewegungen. In den Pausen schlich er sich, unter dem Vorwand zu pinkeln, vor den Toilettenspiegel, fuhr zusammen, wenn jemand den Waschraum betrat, liess seinen Kamm unauffällig in der Gesässtasche verschwinden und wusch sich demonstrativ die Hände. Jede Glasscheibe, jedes Schaufenster wurde dazu benutzt, den Sitz der Frisur zu überprüfen.

Mit derselben Heimlichtuerei sah er sich eine geschlagene Dreiviertelstunde lang im Schulbus sitzen, äusserlich ein unauffälliger, freundlicher und erfolgreicher Schüler, von dem niemand ahnte, was in ihm vorging: dass er nämlich die ganze Fahrt über nicht wagte, sich anzulehnen, sich heftig umzuwenden, dass er mit dem Oberkörper die Stösse der Bodenwellen und Schlaglöcher abzufedern suchte, damit die prekäre Frisur keinen Schaden leide und unversehrt die Schule erreiche.

Ach, die Hektoliter Wassers auf sein Haupt, die stundenlangen Kammgefechte vor dem Spiegel! Probier doch mal nach der anderen Seite! Nassmachen, rüberkämmen, Blick in den zweiten Spiegel, um die Wirkung aufs Profil zu überprüfen: Nein, das taugt auch nichts! Die verhasste Affenstirn mit den wulstigen Brauen und dem tiefen Haaransatz, die Knollennase über den langgezogenen Kiefern, die nur er selbst in ihrer wahren Hässlichkeit zu würdigen wusste, diese Karikatur seiner Vorstellung von klassischer männlicher Schönheit widersetzte sich jedem Vertuschungsversuch.

Als die Pubertätspickel abebbten, machte die Phase der extremen Schüchternheit und Selbstverachtung einer nächsten Platz, in der er mühselig Bruchstück um Bruchstück einer männlichen Identität einzusammeln begann. Wenn er sich vor dem Spiegel drehte und wendete, fand er sich in manchen Positionen und Gesten ganz erträglich, und es keimte zum ersten Mal der Verdacht in ihm auf, dass möglicherweise einige wenige unbedarfte weibliche Wesen mit schlechtem Geschmack dumm genug waren, etwas an ihm attraktiv zu finden. Natürlich waren die nichts für ihn, war es doch offensichtlich nur die zweite Garnitur der Busen und Schlitze, die sich mit einem wie ihm befasste, weil sie nichts Besseres abbekommen hatte. Er dagegen strebte in allem nach der ersten; die aber – so dachte er wenigstens – wollte von ihm nichts wissen.

So hatte er also immer noch einen Vorwand, die Objekte seines Begehrens von sich fernzuhalten. Beate liebte er aus der Ferne, das beste Mädchen seiner Klasse im Sport; sie war besser als die Hälfte der Jungen, mit kräftigen, ausgeprägten Waden, die er auf Klassenwanderungen aus rückwärtiger Position ausgiebig anstarren, in sich einsaugen konnte ohne aufzufallen. Beate im Weitsprung! Für sie hatte er im Staffellauf als zweiter Läufer so zugelegt, dass seine Kameraden ihn beglückwünschten; für sie musste er beim Schifahren, Schwimmen und Fussballspielen sein Bestes geben, denn bei den Schulwettspielen konnte sie ja zusehen. Nur schade, dass sie nie etwas davon erfuhr!

Dann die Tanzstunde. Diesmal hiess sie Friedericke. Obwohl er Nächte darüber grübelte, was sie wohl mit dieser Geste, mit jenem Druck ihrer Hand gemeint haben mochte, und ob man dies und das als Erwiderung seiner Zuneigung interpretieren könne oder nicht, oder ob schliesslich seine zaghaften Zeichen überhaupt bei ihr angekommen waren, wurde er nicht schlauer. Unter diesen Umständen war es kein Wunder, dass er sich später häufig in Situationen wiederfand, wo er so lange daran herumrätselte, ob die Angebetete seine sprachlose Leidenschaft wohl erwidere, bis ein anderer, von weniger Skrupeln Geplagter sie ihm wegschnappte.

Was Friedericken anlangt, so sah er sich bei Schnee und Glatteis auf dem nächtlichen Heimweg von der Tanzstunde keusch neben ihr hertraben mit unkeuschen Gedanken im Kopf, nicht einmal bei dieser guten Gelegenheit wagend, ihr seinen Arm anzubieten. Tatsächlich gleitet sie aus, fällt hin, er hilft ihr täppisch hoch und läuft anschliessend wieder stoisch, sich innerlich verfluchend neben ihr her bis zu ihrer Haustür. Ein letzter vielsagender Blick seinerseits soll die Millionen ungesagter Worte ersetzen; die tausend verpassten Gelegenheiten eines Geständnisses seiner Zuneigung stauen sich schmerzhaft unter Schädeldecke, das Sportlerherz rast, jetzt fällt die Tür ins Schloss, er stand allein wie immer – diesmal im Schnee – und über ihm funkelte höhnisch ein romantischer Sternenhimmel. Oder, um eine der vielen weiteren zu nennen, Ingrid, gross, schlank, dunkel, elegisch, wunderschön, der Schwarm aller Jungen, eingeladen zu den Festen der höheren Abschlussklassen: Ist doch klar, brauchte er garnicht erst zu probieren, sie würde ihn nicht einmal wahrnehmen!

Und noch immer stand ihm die Schwelle des ersten Kusses bevor. Auf dem Weg zur Anerkennung als Mann war er im Vergleich zu den sexuell fortgeschrittenen Kameraden noch hoffnungslos im Hintertreffen, lachte Verständnis heuchelnd zu ihren Zoten, verachtete gleichzeitig ihre Grobheit und verstand rein garnichts. Zwar hatte er schon ein Mädchen geküsst, als er etwa dreizehn, vierzehn war; aber dieser an sich ungeheuerliche Vorgang war überwiegend durch beiderseitige mütterliche Förderung induziert worden und damit als echter Testfall auszuschliessen. Dennoch liessen ihn damals die sanften Zärtlichkeiten neben den Eltern im Zelt erschauern, die Tage richteten sich damals auf jenen Moment des Gute-Nacht-Kusses aus, den kein Erdbeben oder Wolkenbruch hätte vom Programm streichen können; und noch jahrelang träumte ihm von diesem Mädchen und den zarten Küssen.

In die Horror-Schau der peinlich verpatzten Gelegenheiten

gehört auch die dunkelhaarige, gebräunte Schönheit auf dem Wochenend-Zeltplatz am Bodensee, die ebenfalls regelmässig mit ihren Eltern aus dem Schwäbischen dorthin kam. Sie war die virtuelle Geliebte, die ihn lange Zeit in seinen Träumen begleitete, eine vollendete Verkörperung des dunklen Typs seiner Sehnsüchte, schlank, dunkles langes Haar und dunkelbraune Augen, mit schwarzen Schamhaaren zwischen dem Slip ihres knappen Bikini und einem Busen, der, hätte er sich getraut, richtig hinzugucken, ihm ständig seinen Schwanz aus der Badehose (natürlich mit dem Frei- und Fahrtenschwimmer-Abzeichen) getrieben hätte. Sie war, dessen war er gewiss, erfahrener als er, kokett, sich ihrer Schönheit bewusst. Im zweiten Jahr am Bodensee dürfte es dann so weit gewesen sein, dass er das erste Federball-Match mit ihr wagte. Von da an ging es Schlag auf Schlag, aber ach, das Ende war vorhersagbar:

Er hat noch lebhaft das Bild vor Augen, wie sie an einem flirrend heissen Libellen-Blässhuhn-Haubentaucher-Heuduft-Sommertag vor ihm herging, mit dem besagten Körper und dem Nichts von Bikini durch Schilf und niederes Wasser watend; und dass er irgendwie taumelig wurde im Kopf, es nicht aushalten konnte, jetzt und hier mit ihr allein zu sein, dazu in einer solch verführerischen Situation, die jeder Trottel ausgenutzt hätte. Jedenfalls lief es darauf hinaus, dass er sehr heldisch irgendetwas in der Art sagte: »Wenn du glaubst, ich würde dich jetzt küssen, hast du dich mächtig getäuscht!« Worauf sie, sich wieder erhebend, kehrtmachte und ihn auf dem wortlosen Rückweg vermutlich endgültig zu dem hoffnungslosen Idioten und arroganten Schnösel stempelte, der er ja auch war. Sie war gewiss nicht die Einzige, die er für sein idiotisches Verhalten nachträglich um Verzeihung bitten musste.

Endlich, es muss in der Unterprima gewesen sein, platzte der Knoten. Damals war es das Höchste, in abgedunkelten Party-Kellern eng umschlungen nach Schmachtfetzen wie »Only You« oder »The Great Pretender« einen Schieber aufs Parkett zu legen, Brust an Brust, Scham an Schenkel. Nachdem im Morgengrauen der Abschiedskuss vor der Haustür sich dann beinahe zwangsläufig ereignet hatte, schwebte er noch Tage danach wie im schönsten Frühjahrs-Föhn auf einer Silberwolke durchs Klassenzimmer: Bestätigt, eine Stufe männlicher!

Nun wurden die restlichen Hindernisse auf dem Weg zur Vollendung allmählich überschaubar, aber der Drang in der Hose wuchs zugleich exponential. Es folgten weitere Küsse auf Camping-Plätzen und Strand-Bars; aber immer noch lauteten die zu erklimmenden Sprossen: Busen bedeckt, Busen unbedeckt, und danach war alles möglich.

Der Busen! Er musste nicht gross sein, aber wohlgeformt! Diese beiden weiblichen frontalen Vorsprünge bargen damals für ihn alle Geheimnisse, den Kern der Anziehung des anderen Geschlechts. Ihre unendliche Vielfalt zu ergründen, die kleinen reizenden Unterschiede sich unter der Kleidung vorzustellen, zu ertasten oder zu enthüllen wurde er nie müde; und endlich erschien das Mädchen, das ihm die ersehnten Äpfel in die Hände lieferte.

Es ging alles relativ geradlinig vonstatten. Er musste sich nicht einmal besonders peinlich verhalten, als sie vom Tanzen im Feldbergerhof zu sechst oder acht zu ihrer Schihütte zurückstapften. Er hatte schon beim Schwofen mit ihr, als er seinen Körper gegen den ihren drückte (damals tanzte man noch so, hatte auch seine Vorteile!), so reichlich Rückkopplung erhalten, dass seine Unterhose feucht geworden war. Auf dem Heimweg – Mondschein, Sternenhimmel, knirschender Schnee, gediegene Kulisse also – klappt`s wie am Schnürchen: Zungenküsse, das die Ohren rauschen! Sie war ihm so deutlich entgegengekommen, dass ihre Zeichen selbst für einen Hornochsen wie ihn unzweifelhaften Charakter annahmen. Denn im Allgemeinen sah er wohl mit äusserster Schärfe jeden Blick und Wimpernschlag seines Gegenüber; aber ob das, was er gesehen hatte, wirklich das bedeutete, was er erhoffte, dessen war er sich nie sicher. Üblicherweise hätten die Objekte seiner Sehnsucht mit Bettlaken nach ihm winken oder selbige mit den heissen Zähren ihres Schmachtens benetzen müssen, ehe er geglaubt hätte, sie meinten wirklich ihn.

Die Schnee-Fee wohnte eine Autostunde von seinem Dorf entfernt, und seine Mutter lieh ihm am Wochenende grosszügig ihren Wagen, damit er sie besuchen könne. Ihren festen, weissen, kugelrunden, mittelgrossen Busen mit dem mädchenhaften Vorhof um die erbsenkleinen steifen Brustwarzen durfte er in einer Fichtenschonung entblössen. Sie war gut dabei und fragte bloss am Ende, als sie ihn wieder einpackte, auf gut katholisch: »haben wir jetzt wohl eine Sünde begangen?«; und er sagte »nein«, fühlte sich aber dennoch schuldig.

Diesen bewussten festen, runden, in aller Frische knospenden Liebeskugeln jagte er dann noch einige Zeit unter Schwarzwaldtannen nach, bis er schliesslich mit zwanzig in einem billigen Pensionszimmer des »Christlichen Vereins junger Männer« in London mit seiner nächtens über knarrende Stiegen eingeschmuggelten Geliebten ein ganzer Mann wurde – wie man in dem Alter eben so denkt. Er fand mehr instinktiv als bewusst die lebenslang gesuchte Höhle und umgekehrt kam die ihm auch entgegen; und er steckte kaum richtig drin, als er sich auch schon ergoss. Er hatte einfach schon zu lange auf diesen Moment gewartet. Aber dann stand er gleich wieder aufrecht, die Abfuhr war angesichts seiner angesammelten Geilheit nur ein Tropfen in den heissen Topf gewesen, und alles Folgende befriedigte beide Teile – sei`s in der Folge in der Winternacht vor der elterlichen Haustür, sei`s auf dem Sofa in der guten Stube, wenn ihre Alten gerade nicht da waren; sei`s auf der Wiese oder im VW-Käfer. Das Mädchen wurde, wie nicht anders zu erwarten, seine erste grosse Liebe. So erreichte er, der Sportler, als einer der letzten seines Jahrgangs das Ziel im Volkslauf gerade noch innerhalb des Zeit-Limits und konnte die drohende Disqualifikation vermeiden.

# 9. Über Rhythmen der inneren Zeit

Erich sass auf dem Topf, hielt die Zeitung vor sich auf den Knien und verrichtete in Ruhe seien morgendliche Notdurft. Während er die üblichen Katastrophen, den Durchfall und die Verstopfungen der Weltläufe zur Kenntnis nahm, überliess er sich genüsslich dem Spiel seiner Darmentleerung. Dabei stellte er fest, dass auch auf diesem Feld gewisse dialektische Zusammenhänge walteten, da mitnichten das Pressen, sondern das Loslassen zum gewünschten Ergebnis führte. Während er also lustvoll verfolgte, wie seine Peristaltik den verdauten Abraum in sanften Schüben durch die Windungen seines Verdauungstraktes dem Ausgang zu beförderte, überlegte er, wie wichtig es doch sei, unsere Leiblichkeit nicht nur äusserlich, sondern auch innerlich zu kultivieren.

Grundsätzlich kann der Umgang mit dem eigenen Körper eher oberflächlicher oder tiefergehender Natur sein. Wenn wir nur unser äusseres Erscheinungsbild pflegen, können wir von Kosmetik sprechen. Deren einfachstes Prinzip, noch vor aller Schminke, besteht in der gezielten Verhüllung oder Enthüllung des Körpers mit der Absicht, seine Vorzüge herauszustreichen und seine Mängel zu verbergen.

Die innere Körperpflege schärft die Wahrnehmung für die inneren Prozesse, die unter der Oberfläche liegen; für die Vorgänge, das heisst, die Ereignis-Takte und -Rhythmen des eigenen Körpers. Rhythmen, dachte er, sind eine Sonderform des Taktens, eine periodische Anordnung der Taktschläge. Sie wahrzunehmen bedarf keiner besonderen Anstrengung, es genügt die bewusste Selbstbeobachtung in ganz alltäglichen Situationen. Ob es beim Radeln war oder beim Liebemachen, beim Schwitzen oder Frieren, beim Holzhacken oder beim Tanzen, bei der Verdauung oder Ausscheidung: das Horchen auf die inneren Vorgänge verschaffte dem Erich immer wieder neue Erfahrungen, gab ihm das Gefühl, Neuland zu betreten, das er dann mit kindlichem Eifer erkundete.

So erinnerte er sich, wie er kürzlich fiebernd in der Badewanne sass und über den hintergründigen Zusammenhang von Frieren und Schwitzen, den Wechseltakt von Hitze- und Kälteempfinden nachsann. Er hatte sich damals ein heisses Bad verordnet in der naiven Hoffnung, mit dessen ausgleichender Wirkung diesem Pendeln zwischen Schweissausbrüchen und Schüttelfrost zu entgehen. Aber alles, was passierte, war dies: während er seinen untergetauchten Rumpf selbst im heissen Wasser noch deutlich schwitzen fühlte, zogen sich gleichzeitig die nackten Inseln seiner Knie – rundgewaschene Schären, um die sich mangels Badeschaum ölige Schlieren lagerten – vor Kälteschauern zusammen, die ihn von Kopf bis Zeh durchrieselten. Tauchte er dagegen völlig unter, so wurden Schweiss und Hitze unerträglich. Er sass in der Zwickmühle. So kam er dann darauf, dass er sich am wohlsten fühlte, wenn er seinen Körper völlig eintauchte und lediglich seinen halben linken Fuss aus dem Wasser hielt. Er begann, mit der Verdunstungskühle zu spielen und entdeckte, dass er allein durch Heben oder Senken des Fusses seinen Zustand zwischen Wohlsein, Frieren oder Schwitzen auf den Zentimeter genau bestimmen konnte. »So schmal ist also der Pfad des Wohlbefindens bei einem Fiebernden!«, ging dem Erich, Columbus in der Badewanne, durch den Kopf; und er stellte sich vor, dass für den Gesunden die Spanne zwischen Schwitzen und Frieren einer breiten, kommoden Allee durch sommerliche Parklandschaften gleiche, in deren angenehmen Schatten sich Kavaliere über die Hand weissbeschirmter Damen beugen, während sich für ihn dieser mühelose Weg zu einem messerscharfen Grat im Gebirge verengt hatte, auf dessen einer Seite der Absturz in die Höllenglut und dessen anderer der in die Eiseskälte drohte. Was wir Fieber nennen, hatte er damals gedacht, äussert sich in einem äusserst labiles Gleichgewicht, einem Pendeln zwischen zwei Extremen.

Während er die Zeitung zusammenfaltete und sein Geschäft beendete, zog er das Resümmee seiner analen Reflexionen: In gewisser Weise, überlegte er, hat uns die europäische Kultur von unserer Leiblichkeit entfremdet, indem sie unsere grundlegenden körperlichen Äusserungen mit Scham belegt, sie beschnitten und kontrolliert hat. Die Einverleibungen ebenso wie die die Entleerungsvorgänge, seien die im Ergebnis dünn- oder dickflüssig, halbfest oder gasförmig, hat sie tabuisiert und sich dafür verschwiegene Schweissfüsse, Hämorrhoiden, Verstopfung und Sexualneurosen eingehandelt. Wir pissen nicht mehr unter unseren Röcken auf den Marktplatz, wir rülpsen und furzen nicht mehr wie zu Luthers Zeiten, wir schmatzen und schlürfen auch nicht mehr (sehr zum Schaden unseres Riech- und Schmeckvermögens), wie es noch heute (wenigstens bei sich zu Hause) die nicht minder kultivierten Chinesen und Japaner tun. So leidet unsere westliche Körper-

118

kultur an einem ganz besonderen Widerspruch: Du darfst zwar ungeniert deine Nacktheit zur Schau stellen, aber um Gottes Willen nicht nach Schweiss riechen.

Die Empfindungen, die uns der eigenbewegte Körper liefert, sind sicherlich eindrucksvoller als die des ruhenden; denn der Läufer oder Radler kommt garnicht umhin, sein hämmerndes Herz oder den keuchenden Atem zu registrieren. In beiden Fällen aber wird man, wenn man in sein Inneres horcht, wie auf einem Oszillografen ein rhythmisches Geschehen wahrnehmen: Pulsieren, Taktschläge in bestimmten Frequenzen, An- und Abschwellen, Spannungsaufbau und Entladung, Wellenbewegungen, Pendeln zwischen zwei Grenzwerten. Erich vermutete, dass alle grundsätzlichen physiologischen Funktionen rhythmisch gegliedert seien: Das schlagende Herz, die atmende Lunge, die Peristaltik des Verdauungstrakts, der Gang auf zwei Beinen, Tanz, Musik, Sprache und Sexualität.

Menschen, die noch naturnah leben und deshalb ihrer körperlichen Basis weniger entfremdet sind als wir, haben sich ein Gespür für diese Rhythmen erhalten. Er dachte an Schwarzafrika, wo Tanzen, Trommeln und Musizieren noch eine gewichtige Rolle spielen, wo selbst die körperliche Arbeit rhythmisiert wird. Unter rhythmischem Gesang holen die Fischer ihre Netze ein, stampfen die Frauen das Korn im Mörser und erleichtern sich so die Arbeit auf zweifache Weise: Zum Einen gibt der gemeinsame Gesang jedem Einzelnen den Takt vor, nach welchem sich der erforderliche Arbeitsaufwand in bewährte, physiologisch angemessene Einheiten gliedern lässt; zum Anderen ist es die Solidarität der Singenden, welche die Mühe der Arbeit vergessen macht.

# 10. »Rock me, Baby!«: Sex und Rhythmus

Vielleicht könnte man kühn Folgendes behaupten: Sex und Rock'n Roll sind rhythmische Angelegenheiten, und drugs verstärken die Wirkung der Rhythmen. Das ist der ganze Mythos der Hippie-Dreifaltigkeit.

Im idealen Fall ist der sexuelle Austausch vom ersten Spannungsaufbau bis zum Nachbeben der orgiastischen Entladung eine einzige Abfolge von rhythmischen Bewegungen und Empfindungen, ähnlich Gedichten oder hymnischen Lobpreisungen der Körper, welche die Liebenden einander in aller Ausführlichkeit erzählen. Ihre körperliche Zwiesprache, samt den Gefühlen und Vorstellungen, die sie begleiten, taktet ihren inneren Zeitfluss; und je mehr Fantasie und Abwechslung sie auf ihre Erzählung verwenden, umso stärker dehnt sich ihre Zeit.

Wie oft waren Erich und seine Partnerin nach dem Höhepunkt ermattet zurückgesunken, noch ineinander verschlungen in Duft und Feuchte des anderen Körpers, übereinander und durcheinander geworfen wie ein Knäuel junger Katzen im Korb; schnurrend, nachdem sie kurz zuvor gefaucht hatten. Beine, Hüften, Arme, Köpfe ineinander verschränkt in schlaffer Entspannung, bis endlich einem von beiden ein Glied oder Körperteil zu schmerzen begann, weil es zu sehr gedrückt wurde, und er oder sie sachte die Lage veränderte. Dieses zarte Zurückziehen, diese fast unmerkliche Veränderung war dennoch das Signal für die ernüchternde Rückkehr aus dem Paradies des Animalischen ins Gehege der Zivilisation, ins gestrenge raumzeitliche Koordinatensystem des Alltags. Die Zeit begann wieder schneller zu fliessen.

Seltsam schien ihm ein gewisser Widerspruch zu sein: Auf der einen Seite ist der sexuelle Austausch zwischen Mann und Frau (und nur davon konnte Erich sprechen) lediglich Teil und Endstation einer Alltags-Rolle, des kulturell ritualisierten Paarungsverhaltens; ja, der sexuelle Dialog selbst ist noch unter Rollen-Gesichtspunkten analysierbar, wenn man etwa fragt, wer den aktiven und wer den passiven Part in diesem Spiel übernimmt. Auf der anderen Seite gibt es wohl kaum eine Umgangsform, welche die Nüchternheit des Alltags so sehr transzendiert, uns so entrückt aus den gewohnten Verhältnissen: aus dem Reich fremdbestimmter Zeit, der alltäglichen Tabus des körperlichen Kontakts, der Gebote der Planbarkeit und Vorhersagbarkeit. Die sexuelle Kommunikation durchstösst unsere zivilisatorische Aussenhaut und führt uns zu unserem tierischen Kern; zeigen wir uns doch dem Sexualpartner, wie wir uns keinem anderen zeigen.

Als erwachsener Mann hatte sich Erich deshalb des öfteren die Frage gestellt, welches Geschlecht er denn nun besser kenne, sein eigenes oder das fremde? Die Frage schien ihm durchaus berechtigt, hatte er sich doch Frauen gegenüber (und die sich ihm) in einem Ausmass geöffnet, seine animalischen Tiefen gezeigt, wie er es keinem Mann gegenüber getan hatte – höchstens in einem Ausbruch von Aggression. Auf diesem Gebiet waren ihm also Frauen besser bekannt als Männer; ihre übrigen Bereiche waren ihm allerdings ein Rätsel geblieben. Umgekehrt hätte er aber auch sagen können, er kenne sein eigenes Geschlecht besser; denn wenn er auch mit Männern nicht die Tiefe sexueller Zwiesprache pflegte, so waren ihm doch die übrigen Züge und Verhaltensweisen seiner Geschlechtsgenossen nicht fremd. Die Frage liess sich wohl nicht eindeutig beantworten.

Der subversive Grundzug der Sexualität, der mit dem Verlangen einer komplexen Gesellschaft nach planbaren, geregelten Abläufen nicht unbedingt vereinbar ist, zeigt sich auch in ihrer Fähigkeit, als hintergründig signalisierte Paarungsbereitschaft jede andere Alltagsrolle, in der sich die beiden Geschlechter begegnen, mühelos zu unterwandern. Die Frage, wer mit wem ins Bett geht, liefert unerschöpflichen Gesprächsstoff im Büro; der pädagogische Eros in Schule und Universität wird durch banale sexuelle Anmachen in Mitleidenschaft gezogen; der Bauarbeiter am Gerüst, ohnehin reduziert auf seine schwitzende Körperlichkeit, kann garnicht anders, als Arsch und Titten hinterherzupfeifen, die so provozierend gepflegt und einladend vorbei spazieren; und am Lenkrad, mitten im dichtesten Stadtverkehr, reisst es doch jedem normalen Fritz unweigerlich den Kopf herum, wenn er eine hübsche Franzi auf dem Gehsteig sichtet.

Aber was heisst schon »normal«, dachte Erich weiter. Solange man sich nicht mit anderen über sexuelle Praktiken und Vorlieben austauscht, ist man in Bezug auf die Frage, was »normal« sei und was nicht, auf Vermutungen angewiesen. Er selber hielt sich für einen »normalen« heterosexuellen Mann, mit der Einschränkung, dass er keine Reizwäsche brauchte, um sich aufzugeilen, dass ihm die nackte Haut am liebsten war. Ist »normal« also das, was die meisten tun und fühlen? Die naivste Beantwortung dieser Frage bestand nach seiner Meinung darin, dass man unterstellt, normal sei, was man selber macht. In dem Zusammenhang erinnerte sich Erich an eine Situation, wo sein Zahnarzt sich über seinen starken Speichelfluss erstaunte. Auf dem Heimweg ging ihm dann ein Licht auf: »Hab´ ich doch mein Leben lang mit diesem Speichelfluss gelebt und unterstellt, die andern hätten dasselbe Gefühl im Mund! Nun muss ich erfahren, dass dem nicht so ist!« Seitdem vermutete er, dass es uns mit allen inneren Prozessen, Gedanken, Gefühlen und Körperwahrnehmungen ebenso ergehe; dass man nämlich dem anderen leichtsinnig das eigene Fühlen und Denken unterschiebt und dieses obendrein, mangels Vergleich, für »normal« hält.

Dieses blosse Vermuten gilt erst recht für die sexuellen Vorlieben und Praktiken, die noch am wenigsten leicht zur Sprache kommen, weil sie in die schamhafte Verborgenheit und Privatheit verbannt sind. Deshalb kann die Antwort auf so gewichtige Fragen wie: was ist »normal« im sexuellen Verkehr? oder: bin ich ein guter Liebhaber oder nicht?, meist nur auf Umwegen erschlossen werden.

Ein anderes Rätsel, das ihn brennend interssierte, war dies: Was die Frau wohl genau empfinde beim körperlichen Zwiegespräch? Zu gern wäre er wenigstens ein einziges Mal in die Haut seiner Partnerin geschlüpft, um die Antwort zu finden. Wo empfand sie gleich, wo anders, wo ergänzten beider Bedürfnisse einander? Dabei war ihm durchaus klar, dass Penetration nicht alles war. Aber von ihrer Physiologie her müsste die Frau doch (wenn sie nicht psychisch oder körperlich geschädigt ist) das männliche Eindringen ähnlich geniessen wie ein Mann, nur mit umgekehrten Vorzeichen. Wie sie das wohl empfand? Gewiss nicht nur im Passiv! Obwohl er sich dem weiblichen Empfinden manchmal nahe fühlte und auch den weiblichen Anteil an seiner Persönlichkeit mittlerweile durchaus bejahte; obwohl die sexuellen Zwiesprachen, die er mit Frauen führte, meistens zu beiderseitiger Zufriedenheit verliefen; und obwohl er glaubte, einen gespielten Orgasmus der Frau von einem echten unterscheiden zu können: Es bestand keine Hoffnung, jemals die Schranken des körperlichen Empfindens zwischen den Geschlechtern zu überwinden, eines Empfindens, das zugleich die Grundlage der jeweiligen Sicht der Welt ausmacht.

Seine männlichen Körpergefühle beim sexuellen Austausch hätte er dagegen recht genau beschreibern können: Da war zuerst die allmähliche Wanderung der Energie in die Spitze seines Gliedes; sein ganzes Innere strömte hinein und versammelte sich an diesem Vorsprung. Beim Höhepunkt hatte er dann das Gefühl, als stülpe er sich an dieser exponierten Stelle um wie ein vom letzten Fingerglied gezogener Handschuh und verflösse mit Haut und Haar in die warme Höhlung der Frau. Er liebte das Gefühl, wenn sich die Körpergrenzen dabei auflösten, und er nicht mehr wusste, wo er aufhörte und sie anfing; wo in der Geborgenheit ihres Leibes alles in Einem verschmolz: das Eindringen und das Umfangenwerden.

Aus seiner – zugegebenermassen einseitigen – Sicht eines heterosexuellen Mannes sollten die Liebenden die physiologischen Rhythmen ihres körperlichen Dialogs genau wahrnehmen und fühlen und damit auch kontrollieren und beeinflussen können. Ein guter Liebhaber – das war in seinen Augen zuerst einmal einer, dem die Befriedigung der Frau mindestens ebenso am Herzen liegt, wie die eigene, weil der gemeinsame Höhepunkt doch das Schönste ist – musste nach seiner Meinung den Spannungsbogen seiner sexuellen Energie, ihr Fortschreiten in der Zeit beherrschen können. Er sollte ein Gespür dafür haben, in welcher Phase der Erregung sich die Frau befindet und diese mit der seinen abstimmen. Wenn er auf dem Weg zur orgiastischen Entladung weiter fortgeschritten war als sie, musste er innehalten und auf sie warten, unterbrechen und neu ansetzen können ohne zu erschlaffen. Indem er versucht, ihrer beider Rhythmen der Erregung zu koordinieren, greift er bewusst in den zeitlichen Ablauf ein, beschleunigt ihn, dehnt ihn, hält ihn an. Das Gleiche gilt für die Partnerin, die sich ihrer Gleichwertigkeit im sexuellen Dialog sicher ist. So bewahrheitet sich die Erfahrung der tantrischen Lehre: Das Dehnen der Zeit ist die eigentliche Kunst der Liebe! Das Hinauszögern des physiologischen Ablaufs, das Aushalten der Spannung bedeutet nichts anderes, als dass die Liebenden jedes Detail ihrer Interaktion mit geschärften Sinnen wahrnehmen und auskosten, dass sie die Dehnung der Zeit begrüssen als Verlängerung ihrer Lust.

Auch ein heterosexueller Liebhaber kann die Geschlechterrolle in gewisser Weise tauschen und dadurch Abwechslung ins Liebesspiel bringen. Dazu muss er zuerst einmal den ganzen Körper als erogene Zone verstehen und sich nicht nur auf seine penetrierende Ausstülpung verlassen. Aber auch mit ihr kann er eine eher passive Rolle spielen, sich zum Lustobjekt der Frau machen, indem er sich von ihr umfassen, melken, einsaugen, reiten lässt und ihrem Lustempfinden möglichst wenig motorische Grenzen setzt..

Die Fähigkeit eines Liebhabers, die Rolle zu wechseln und seine femininen Anteile zuzulassen, ist nach Erichs Ansicht eine Frage der Selbstsicherheit auf beiden Seiten. Trotz seiner anfänglichen Schüchternheit in der Annäherung ans andere Geschlecht, trotz der vielen Peinlichkeiten, die er sich Frauen gegenüber geleistet hatte, war die Sache noch mal gut gegangen: Hatte er zu Beginn seines Liebeslebens die Frauen noch auf einen Thron erhoben, dem er sich vor lauter Respekt kaum zu nähern wagte, so machte diese Idealisierung allmählich einer eher realistischen Haltung Platz, die auf einen Gleichstand der Geschlechter in ihren wechselseitigen Fehlern, Dummheiten und Missverständnissen hinauslief. Aber er war bis zum heutigen Tag so rettungslos verloren an die weiblichen Reize, an die aufregende Vielfalt von Brüsten, Hintern, Hüften und Schenkeln, die es immer wieder neu zu entdecken galt; an wohlgeformte Füsse und Hände, dass er, wie Truffauts »Mann, der die Frauen liebte« trotz eines geschärften Blicks für die kleinen Unterschiede, niemals schlecht oder verächtlich über die Objekte seiner Begierde zu denken oder zu reden vermochte. Kurz: er hatte in vollem Bewusstsein eigener Unzulänglichkeit und trotz seiner anfänglichen Schüchternheit es irgendwie geschafft, weder Angst vor Frauen zu haben, noch sie unterdrücken zu müssen; und die späte Erfahrung, nicht immer nur sich selbst zu mühen, sondern auch einmal erobert zu werden, hatte er mit Freude zugelassen.

So war es nur folgerichtig, dass Erich in seinen sexuellen Dirty-Old-Man-Fantasien sich gerne als Lustobjekt von Frauen vorstellte: am liebsten als männliche Hure, als Call-Boy, natürlich in einem Edelpuff für betuchte weibliche Freierinnen, den er sich in allen Details ausmalte. Was ihn bei dieser Vorstellung besonders reizte, war die offenkundige Tatsache, dass eine männliche Hure es ungleich schwerer haben musste als eine weibliche, und die Neugier, wie diese Rolle für einen Mann (wie ihn) dennoch erfolgreich zu spielen sei. Wenn die weibliche Hure ihre Freier bedient, braucht sie doch letztes Endes nur die Beine breit zu machen und zu stöhnen. Solche Ausflüchte blieben ihm als Mann verwehrt. Er musste – hic Rhodus, hic sta! – seinen Mann stehen, ohne Wenn und Aber. Wie aber kriegt man als männliche Hure seinen Schwanz zum Stehen, wenn die Kundin nicht die eigene Begierde weckt? Das war die Mutter aller Fragen! Eine solche Situation hatte er noch nie erlebt! Ein gewisser Anreiz von weiblicher Seite war bei diesem Geschäft wohl unabdingbar, und die Vorstellung, wie dieser wohl gestaltet werden könne, beflügelte immer wieder neu seine lustvollen Fantasien. Pornografie, fiel ihm dabei auf, muss als Ersatz für erlebte Sexualität sich einer besonders grobschlächtigen Stimulierung der Lust in Wort und Bild bedienen, weil sie niemals das schlichteste Fühlen mit geschlossenen Augen ersetzen kann.

# 11. Über die Geschwindigkeit des Zeitflusses und die Relativität der Zeit:

## Zeit und Bewegung

Dies also waren Erichs Fantasien. Realität war dagegen eine perfekte Sommernacht am Land, noch lau von der Tageshitze, still und sternenklar: eine Nacht, in der man nackt auf seinem Lager im Freien liegen konnte, und in der er wieder keine Frau neben sich hatte, die er hätte berühren können. Er fragte sich, ob er sich langsam an diesen Zustand gewöhnen müsse, hoffte aber ganz im Geheimen immer noch auf eine Besserung der Verhältnisse.

Er hatte sein Bett auf der Veranda unterm Sternenhimmel aufgeschlagen, eine Weile die Augen geschlossen und die Welt als Horcher erlebt: Obwohl sich kein Lüftchen regte, plumpste ab und zu ein frühreifer Apfel vom Baum, ein Käuzchen klagte am nahen Waldrand. Ein Hund schlug in der Ferne an, und noch weiter weg verlor sich in den Hügeln der schrill ansteigende Gesang eines hochtourigen Motorrades. Dann wieder Stille, nach nicht allzu langer Zeit wieder von einem Verkehrsflugzeug unterbrochen, das trotz beträchtlicher Flughöhe eine Schleppe wüsten Lärms über ihn hinweg zog. Später war wieder Raum für die feineren Geräusche: er hörtet eine Maus rascheln, die Gans auf dem Hof spielte klappernd mit einem Kronenkorken, der Enterich entleert sich flüssig mit einem vernehmlichen Pfffft!«.

Als er dann die Augen aufschlug, sah er vor dem bestirnten Himmel die schwarze Silhoutte der Fledermaus, die wie gewöhnlich in solchen Nächten durch die offene Verandatür in sein Zimmer schoss, um unter den dort versammelten Insekten eine Zeit lang zu räubern. Als sie wieder herausgeflattert kam, hinterliess sie über ihm nur noch funkelnde kosmische Weite.

»Da weiss nun jedes Kind«, dachte er, »dass die Millionen glitzernder Punkte über mir, die mir als Muster auf einer gewölbten Fläche, dem Himmelszelt, erscheinen, in Wahrheit sich in unterschiedliche Tiefen erstrecken. Dass der eine Punkt ganz nah, der andere aber Millionen Lichtjahre von mir entfernt ist, sodass ich mit einem Blick in verschiedene Zeiten schaue: in fast noch Gegenwärtiges und in längst Vergangenes. Diesen banalen Sachverhalt schien die Astrologie völlig zu negieren, wenn sie aus einer beschränkten irdischen Perspektive disparate Dinge aus disparaten Zeiten zur räumlichen und zeitlichen Einheit eines bedeutungsvollen Zeichens am Firmament zusammensetzt. Schon aus diesem Grund würde er sie nie ernst nehmen können.

Über die subjektive Zeit hatte er viel nachgedacht; bei den Sternen da oben aber ging's um die objektive, die kosmische Zeit. Die subjektive innere Zeit ist variabel, sowohl in Richtung als auch in Geschwindigkeit. Der Fluss der objektiven äusseren Zeit hingegen ist, jedenfalls für irdische Zwecke, hinreichend konstant: Während er zuverlässig und unbeirrt in eine Richtung, aus der Zukunft kommend in die Vergangenheit strömt, zeigt die tickende Uhr die Gleichmässigkeit und Stetigkeit seines Flusses an. Das wechselnde Verhältnis, das der variable Fluss der inneren Zeit mit dem konstanten der äusseren eingeht, dehnt oder rafft die subjektiv erlebte Zeit. Aber was ist mit der objektiven? Verfliesst die äussere, »objektive« Zeit wirklich so konstant, wie uns die tickende Uhr glauben macht?

Wenn heute auf dem Feld der Zeitmessung die Physiker den Astronomen nachweisen können, dass die Drehung der Erde um ihre Achse sich unmerklich aber messbar verlangsamt, dass also die Tage länger werden und damit die »objektive« Zeit, die wir auf der Erde messen, allmählich langsamer fliesst, was bleibt dann von deren absoluter Geltung?

Aber es geht noch weiter: So wie die Genauigkeit und Verlässlichkeit, die »Objektivität« der irdisch gemessenen astronomischen Zeit durch die sich verlangsamende Drehbewegung unseres Planeten in Mitleidenschaft gezogen, das heisst relativiert wird, so wird auf der Ebene darüber auch der kosmische Zeitfluss als ewig unveränderlicher Strom entobjektiviert. Bei näherem Hinsehen ist nämlich weder seine Fliessgeschwindigkeit noch seine Richtung konstant. Ja, es ist nicht einmal sicher, dass er überhaupt fliesst: denn womöglich ist die Vorstellung, dass Zeit vergehen, unwiederbringlich verfliessen müsse, nur auf die Endlichkeit des Beobachters zurückzuführen. Wenn aber die kosmische Zeit dennoch ein Fluss wäre, wie schnell fliesst er dann?

Er erinnerte sich, dass die schnellste Bewegung, die von der Physik gemessen wurde, die Geschwindigkeit ist, mit der sich das Licht ausbreitet. Die Lichtteilchen oder -wellen, die Photonen, sind ein Grenzfall zwischen reiner Energie und Materie. Materie aber scheint nichts anderes zu sein als verdichtete, geronnene oder abgebremste Energie – ähnlich, wie aus fliessendem Wasser Eis wird. Deshalb sprachen manche Physiker von Materie als einer »örtlichen Verdichtung« oder »lokalen Konzentration« eines Energie-Feldes. Ein solches Feld muss nach der vorherrschenden Meinung vor dem »Urknall« existiert haben.

Während in einem solchen Feld die energetischen Prozesse sich praktisch zeitlos oder in annähernder Gleichzeitigkeit ausbreiten und fortpflanzen können, braucht verdichtete Energie, sprich »Materie«, für ihre Fortbewegung aufgrund ihrer Trägheit (Masse und Ladung) eine gewisse Zeit. Da man nun Photonen entweder als Wellen-Erscheinung oder als masse- und ladungslose Teilchen interpretieren kann, also als Teilchen, die keinen Materiecharakter haben oder als Wellen, die leichte materielle Verdichtungen transportieren, überrascht es nicht, dass die sich mangels Trägheit schneller als jedes materielle Objekt bewegen. So wird die Lichtgeschwindigkeit zum Richtmass für den Fluss der kosmischen Zeit.

Die Gleichsetzung der Geschwindigkeit des Zeitflusses mit der des Lichts, die auch im Begriff »Lichtjahr« zum Ausdruck kommt (eine Zeiteinheit, die durch die Bewegung der Photonen durch den Raum definiert ist), schlägt sich in den bekannten Gedankenspielen der wissenschaftlichen Fiktion nieder: Für einen Astronauten, der im All mit Lichtgeschwindigkeit unterwegs ist (was aus Gründen der Trägheit der Materie allerdings unmöglich ist), würde die Zeit angehalten. Da er sich im gedachten Fluss der Zeit ebenso schnell wie die Strömung selbst bewegte, würde sie für ihn aufhören zu fliessen; er würde keine Zeit verbrauchen. Wenn er so, eingebettet im rasenden Zeitstrom, ein Jahr lang nach irdischer Zeitrechnung mit ihm durchs All zöge, so wäre für ihn keine Zeit vergangen, wohl aber ein Jahr auf der Erde.

Erich erinnerte sich in diesem Zusammenhang an eine besonders ausgefallene Idee von Stanislaw Lem, wonach ein Raumschiff mit seinem Piloten von einem »Gravitationswirbel« erfasst wird, der das Schiff samt dem es umgebenden Zeitstrom mehrmals im Kreise dreht, sodass der Astronaut nach der ersten Drehung sich selbt begegnet: Zuerst als Schläfer, der von einem anderen, der wie er selbst aussieht, wachgerüttelt wird; und nach der nächsten Drehung als derjenige, der einen Schläfer, der ausschaut wie er selbst, wachrüttelt, wobei ein Dritter zuschaut, der ihm ausgesprochen ähnlich sieht; und so weiter und so fort, bis der arme Astronaut von einem Gewimmel von Doubletten umgeben ist, die ihm ziemliche Identitätsprobleme bereiten.

Aber selbst wenn die kosmische Zeit ein Fluss wäre, müssten wir nach den Erkenntnissen der Astrophysik seine Stetigkeit und Unbeirrbarkeit in Bezug auf Richtung und Geschwindigkeit in Frage stellen. Wissen wir doch mittlerweile, dass die blosse Gravitation schwerer Massen, die den Raum ausbeult und das Licht ablenkt, auch den Lauf der Zeit verlangsamt. Ausserdem können wir heute den Nachhall der ersten Gravitationswellen nach dem Urknall, die ja ebenfalls die Zeit gebeutelt haben mussten, als unterschiedlich dichte Röntgenstrahlung im energetischen Feld unseres Universums nachweisen. Wir kennen ferner Gravitationsfallen, die Materie, Licht und auch die Zeit verschlucken (und wahrscheinlich in verändertem energetischen Zustand wieder ausspeien). Erich vermutete also, dass jede »Lokalität« im All sich ihre eigene kleine Ausbeulung und Verzerrung des angeblich konstanten kosmischen

Zeitflusses leistet; dass kurz gesagt, jeder kosmische Lokus sich seinen eigenen Reim auf den Fluss der Zeit macht.

Aber er wurde den Gedanken nicht los, dass wir vielleicht unsere Vorstellung von der Zeit als fliessendes Medium gänzlich aufgeben, ja, das Konzept eines »objektiven« kosmischen Zeitflusses insgesamt als Menschenwerk durchschauen und revidieren müssen. Wie erklären wir uns also die Geburt von Zeit und Raum?

Die moderne Physik stellt sich vor, dass mit dem »Urknall«, der »Zuckung« eines riesigen Energiefeldes unterschiedlicher Dichte, Raum und Zeit zugleich erschaffen wurden. Diese Zuckung durchlief in überlichtschneller Geschwindigkeit, also praktisch in Gleichzeitigkeit ein Gebiet von kosmischen Ausmassen und definierte so in einer blitzartigen räumlichen Aufblähung oder »Inflation« die Urform unseres Universums, in der sich die reine Energie als Licht und Materie niederschlug – letztere in Form von Staubwolken, die sich allmählich zu Sternen und Galaxien verklumpten.

Diese Materialisierung von Energie soll offensichtlich Raum und Zeit zugleich erzeugt haben. Wie kann man sich das vorstellen? Damit aus nicht vorhandenem Raum, der »Leere«, »Raum« werden konnte, mussten materielle Objekte auftauchen, die durch ihre sichtbare Verteilung überhaupt erst Räumlichkeit herstellen:

Etwas ist hier, etwas anderes ist dort; dazwischen ist, für einen materiellen Beobachter »Raum«.

»Zeit«, war dann nach Erichs Vorstellung nichts anderes, als die Bewegung oder Veränderung dieser Objekte im Raum, die aber wiederum erst von einem materiellen Beobachter, etwa einem menschlichen Bewusstsein, konstatiert wird. Die einfachsten Bewegungen oder Veränderungen von materiellen Objekten im Raum sind etwa diese: Etwas war vorhin hier, nun ist es dort. Oder: Etwas war eben noch da, nun ist es verschwunden. Oder: Etwas ist grösser oder kleiner geworden.

Auf jeden Fall aber musste ein Beobachter her! Ein Bewusstsein, das nachmisst, musste von Anfang an in die Szenerie eingeführt werden, denn die fraglichen Objekte, die Sterne und Planeten, vermessen ihre relativen Positionen in Raum und Zeit ja nicht selbst. So werden also nach Erichs Verständnis die Kategorien »Zeit« und »Raum« von Beginn an untrennbar mit dem menschlichen Bewusstsein verknüpft, und die Vorstellung ihrer absoluten»objektiven« Geltung, unabhängig vom menschlichen Erkennen, relativiert.

Wenn es also zutrifft, dass der Fluss der Zeit nur durch die Beobachtung von Bewegung (oder Veränderung) von materiellen Objekten erzeugt wird, dann drängt sich natürlich die Frage auf, ob sie ohne Beobachter immer noch fliesst. Sollten wir sie vielleicht nicht besser als eine Potenz betrachten, die auf die Entdeckung durch ein Bewusstsein wartet? Und da unser Bewusstsein durch die Endlichkeit unseres Daseins geprägt ist, das auf einem Zeitpfeil lebt, der einen Anfang in der Vergangenheit hatte und ein Ende in einer ungewissen Zukunft, und der einen Rücklauf der Zeit in die Vergangenheit nicht gestattet, lieben wir es, uns die Zeit als verfliessendes Medium und knappes Gut vorzustellen. Nicht nur wir: alle Materie hat einen Anfang und ein Ende in reiner Energie. Aus Energie ist sie entstanden, wie die Staubwolken in der Urform unseres Universums, zu Energie wird sie wieder transformiert. In diesem Sinn ist alles Materielle vergänglich, nur die Energie bleibt erhalten, ist unvergänglich. Alles Vergängliche aber hat eine bemessene Zeit, und darum scheint sie ihm zu verströmen, zu vergehen.

In diesem Zusammenhang erinnerte er sich an den alten Königsberger Weisen, bei dem er sich immer in guter Gesellschaft wähnte. Schon K a n t bezweifelte, dass »Raum« und »Zeit« ausserhalb unserer Köpfe überhaupt existierten. Er hielt beide vielmehr für »apriorische Prinzipien der inneren Anschauung«, für inhärente Muster oder Schablonen unseres Geistes, mit denen wie die Erscheinungen der materiellen Welt ordnen.

Erichs Erfahrung, dass der leere Fluss der Zeit ohne eine Taktung durch Ereignisse für uns garnicht wahrnehmbar ist, dass wir kein Organ für das unhörbare und unsichtbare Verfliessen von Zeit haben, diese Erfahrung hatte Kant schon vorweggenommen, wenn er postulierte: »Äusserlich kann die Zeit nicht angeschaut werden, ebenso wenig wie der Raum.« (Anm. 2)

Erich erinnerte sich gelesen zu haben, dass die moderne Physik wieder zu ganz ähnlichen Schlussfolgerungen gelangt war. So kann sie in ihren fundamentalen Gesetzen keine Indizien für einen Zeitpfeil finden, das heisst für einen gerichteten Zeitfluss vom »Offensein« der Zukunft zum »Festgelegten« der Vergangenheit. Im Gegenteil: sie kann sich vorstellen, dass Dinge sich in beide Richtungen bewegen können. Wenn etwa bei der Kollision von Teilchen, die wir in der Nebelkammer beobachten, kurzfristig Antimaterie entsteht, also ein Elektron mit negativer Ladung sich in ein Positron mit positiver Ladung verwandelt, so kann man diesen Vorgang mathematisch als eine Bewegung des Teilchens zurück in die Vergangenheit verstehen. Die Quantenmechanik schliesslich stellt die Möglichkeit, Dingen oder Ereignissen im Raum-Zeit-Kontinuum eindeutige Positionen zuzuweisen, für die Welt der kleinsten Teilchen überhaupt in Frage. So kann sie nicht in eindeutigen Wenn-Dann – Beziehungen vorhersagen, wo was in Zukunft geschehen wird, sondern muss es bei Wahrscheinlichkeiten belassen. Sie lässt gewissermassen Raum und Zeit im Zusammenhang als feste Grössen verschwimmen: Wenn sie den Ort festhalten will, wo etwas passiert, so kann sie nicht sagen, wann das Erwartete passieren wir. Wenn sie die Zeit bestimmen will, wann etwas passieren wird, kann sie nicht sagen, wo es passieren wird.

N e w t o n konnte sich da seiner Sache da noch sicherer sein, und für irdische Verhältnisse hatte er ja auch recht. Das heisst, für unsere kleinen lokalen Verhältnisse verläuft der gedachte »objektive« Zeitstrom ja auch hinreichend konstant, sowohl in Richtung als auch Geschwindigkeit, und als Kind dieser Welt war er einfach gezwungnen, Antworten auf Fragen dieser Welt zu finden. Er kam nicht umhin, zur Lösung seiner Bewegungsgleichungen in dieser Welt (vom Fall eines Apfels, über die Flugbahn einer Kanonenkugel, bis zur Bahn des Mondes um die Erde) »Raum« und »Zeit« zu operationalisieren. Gemessen am kosmischen Ausmass ihrer Abweichungen verhält sich ja die Zeit auf unserem Lokus relativ vorhersagbar. Das heisst, sie fliesst mit hinreichender Genauigkeit und Verlässlichkeit und wird nicht plötzlich von einem Schwarzen Loch verschluckt. Er ordnete also den vier Dimensionen Grössen und Richtung zu und schuf so erst die Vorstellung eines Zeitflusses, der mit gleichmässiger Geschwindigkeit in eine Richtung strömt: aus der Zukunft in die Vergangenheit. Aber schon sein Zeitgenosse L e i b n i z, der ja auch gut rechnen konnte, aber einen eher idealistischen Einschlag hatte, stänkerte dagegen an, »Zeit« sei nichts anderes als eine »Sprache« für uns, um Ereignisse miteinander in Verbindung zu setzen. In einer Welt ohne Veränderung (das heisst, ohne Bewegung, ohne den Eintritt von Ereignissen) gäbe es keine Zeit.

# 12. Über unseren Umgang mit der äusseren Zeit

Dass die Zeit ein Fluss sei, ist ein relativ modernes Vorurteil. Unsere Vorfahren haben die Zeit noch als zyklischen Prozess betrachtet, der das jährliche Werden und Vergehen in der Natur widerspiegelte. Demnach scheint es in der Menschheitsgeschichte schon mindestens zwei grundsätzlich verschiedene Anschauungen von der Natur der Zeit gegeben zu haben, zuerst eine kreis- oder spiralförmige, dann, seit Newton, eine lineare.

Diese unterschiedlichen Betrachtungsweisen lassen vermuten, dass der Ablauf der Zeit, wie wir ihn erleben, mit der gesellschaftlichen Entwicklung von Produktiv- und Kulturkräften zusammenhängt. Erich jedenfalls fand es einleuchtend, dass Jäger- und Sammlergesellschaften, Ackerbauern und Nomaden ihre Zeit nach anderen Kriterien einteilen, als wir das tun.

Für die Nomaden werden beispielsweise die Jahreszeiten (die wir in der heutigen Stadt weitgehend ignorieren) grösste Bedeutung haben, weil sie die Weidegründe ihrer Herden bestimmen. Er konnte sich vorstellen, dass sie auch noch auf den Mond geachtet haben und die Länge ihrer Tage und Nächte unterschieden. Und die Sternbilder werden sie gelesen haben. Feinere Einteilungen ihrer Zeit werden sie wohl kaum gebraucht haben; der Zyklus der Jahreszeiten, des Wetters, der Winde, des Regens oder Schnees genügte ihnen.

Der wird wohl auch den ersten sesshaften Ackerbauern noch genügt haben, die ja ebenso in die Kreisläufe des Jahres eingebunden waren. Wahrscheinlich begannen die aber schon, ihre Tage genauer zu messen. Ein Arbeitstag wurde zur Einheit, mit der jede Arbeit verrechnet und standardisiert werden konnte, dauere sie nun Bruchteile oder das Vielfache eines Tages. Kurz: sie hatten Arbeitseinheiten vor Augen, zyklisch sich wiederholende Arbeitsanforderungen, die in einer gewissen Zeit bewältigt werden konnten (zum Beispiel eine gewisse Fläche Acker in einer gewissen Zeit, einem Morgen). Wahrscheinlich erfanden sie auch die Sonnenuhr.

Die Vorstellung von Zeit als einem linearen Fluss ist vergleichsweise jüngeren Datums. Zuerst waren es vielleicht die grossen italienischen Naturwissenschaftler der Renaissance, dann Kepler und Kopernikus, endgültig aber war es Newtons Physik, die aus dem Immer-Wiederkehren einen zielgerichteten, kontinuierlichen und unumkehrbaren Ablauf machten.

Diese lineare Zeit wurde nun im Zuge der frühen Industrialisierung beim Versuch, immer mehr Arbeitsleistung in eine Stunde hineinzustecken und immer mehr Profit aus ihr herauszuholen sowohl für den Arbeiter als auch für den Kapitalisten knapp und damit geldeswert. Sie musste also immer genauer gemessen, auf die Goldwaage gelegt werden. Genügte dem Ackerbauern noch die grobe Sonnenuhr, so verlangte die Industrialisierung mit Stechuhr und Fliessband bereits nach Minuten- und Sekundentakten. Heute sind uns mittlerweile im Zuge der Zeitmessung

Hundertstelsekunden vertraut, deren rasenden Ablauf ein Chronometer in die Fernsehübertragung einer Sportveranstaltung einblendet.

Zugleich können wir den Lauf der Zeit manipulieren wie noch nie: Wir können die Zeit in Filmsequenzen dehnen oder raffen; wir können mit Lichtgeschwindigkeit – also für irdische Verhältnisse praktisch zeitgleich – um den ganzen Erdball herum kommunizieren. Heerscharen von elektronischen Geräten speichern Töne und Bilder für die Zukunft, entreissen sie so der Vergangenheit. Das Foul auf dem Fussballplatz kann nicht mehr verborgen bleiben, denn es zeigt Millionen Zuschauern auf der ganzen Welt in Echtzeit und aus sechs Blickwinkeln in Zeitlupe, was in einer Zehntelsekunde passiert ist.

Die Neigung, eine tendenziell knappe Zeit durch Stückelung in immer kleinere Einheiten immer genauer zu vermessen und besser auszunutzen, immer mehr Information pro Zeiteinheit zu verarbeiten, ist natürlich in den technologisch fortgeschrittenen Volkswirtschaften besonders ausgeprägt. In einem Aufsatz hatte Erich gelesen, dass wir uns im Bestreben, die Zeit immer genauer zu messen, mit gleich drei konkurrierenden Messmethoden herumschlagen müssen, die alle zu verschiedenen Ergebnissen führen. Der Astronom berechnet nach alter Väter Sitte die Zeit durch die Erdumdrehung. Da die sich aber Jahr für Jahr, unfühlbar aber messbar, verlangsamt, gehen die seit rund fünfzig Jahren verfügbaren Atom-Uhren der Physiker vor. Die geostionäre Zeitmessung (GPS) schliesslich hängt wie die astronomische von der Erdumdrehung ab. Zwar hat man ihr bei ihrer Einführung vor dreissig Jahren den bis dahin aufgelaufenen Vorsprung der physikalischen vor der astromischen Zeit in Form von Schaltsekunden einprogrammiert, musste sie aber seitdem der astronomischen Zeit allein überlassen. So geben die geostationären Uhren neben den astronomischen und physikalischen die dritte genaue Zeit an, und wir erleben wieder einmal das dialektische Phänomen, dass ein Ding, ins Extrem getrieben, sein eigenes Gegenteil hervorbringt: im Bemühen, die Zeit immer genauer zu messen, wissen wir überhaupt nicht mehr, was die Uhr schlägt (Anm. 3).

Natürlich ist die Zeit für uns ein knappes Gut, schon wegen unserer begrenzten Lebenszeit. Der höchste Wert für uns Menschen, dachte Erich, ist – neben der Gesundheit – die Zeit, die einer noch vor sich hat. Danach bestimmt sich auch sein Marktwert. Im Alltagshandeln denken wir aber nicht ständig an unser Ende, sondern sorgen unbekümmert für die Ausbreitung unseres Lebens und dem unserer Nachkommen. Für dieses Ziel, unsere Gene zu verbreiten, geben wir normalerweise alles, was wir haben: unsere Energie, unser Geld, unsere Liebe, unsere Zeit. Und siehe da! Wenn wir an der Liebe und der Zeit nicht sparen, sondern fleissig ausgeben, dann erleben wir mit Erstaunen, dass dadurch das scheinbar allgemeingültige ökonomische Gesetz des »knappen Gutes« für sie ausser Kraft gesetzt wird, wonach schlicht gesagt einer umso weniger behält, je mehr er ausgibt und umso mehr behält, je mehr er spart. Dann verkehren sich die gewohnten Verhältnisse auf seltsame Weise: Wie für die Liebe, so gilt auch plötzlich für die Zeit, dass ich umso mehr davon bekomme, je mehr ich ausgebe, und dass ich umso weniger davon habe, je mehr ich einspare – der gegenteilige Grundsatz einer ausgabenorientierten Ökonomie!

Das Prinzip, »immer mehr« in die Zeit zu stecken oder aus ihr herauszuholen, hat sich aber noch nicht gleichmässig über den Erdball ausgebreitet. Es gibt immer noch Inseln, gallische Widerstandsnester, wo die Zeit anders fliesst, als es die Globalisierung verlangt. Doch deren Tage sind gezählt; denn wo Zeit im Überfluss vorhanden ist, lauert im Hinterhalt schon der »freie Markt«, der sie günstig einkauft. Solange man aber vom Geldwert seiner Zeit noch keine Ahnung hat, kann man sich den Luxus lesten, Zeit zu haben und warten zu können.

Auf diesen Inseln gehört das Wartenmüssen noch zur Arbeit; dort fährt der Bus nicht nach Fahrplan ab, sondern wenn er voll ist: dort ist das westliche ständige Schielen auf die Uhr unangebracht. Ein von Erich geschätzter Kenner afrkanischer Lebensart (Anm. 4) hatte ähnliche Beobachtungen gemacht und kam zu folgendem Schluss:

»In der Überlegung des Europäers existiert die Zeit ausserhalb des Menschen, objektiv, gleichsam ausserhalb unserer selbst, und besitzt eine messbare, lineare Qualität. Nach Newton ist die Zeit absolut: »Die absolute, wirkliche und mathematische Zeit fliesst in sich und in ihrer Natur gleichförmig, ohne Beziehung zu etwas ausserhalb ihrer Liegenden«. … Ganz anders sehen die Afrikaner die Zeit. Für sie ist die Zeit eine ziemlich lockere, elastische, subjektive Kategorie. Der Mensch hat Einfluss auf die Gestaltung der Zeit, auf ihren Ablauf und Rhyrhmus … Die Zeit ist sogar etwas, was der Mensch selber schaffen kann, weil die Existenz der Zeit zum Beispiel in Ereignissen zum Ausdruck kommt; ob es aber zu diesen Ereignissen kommt oder nicht, hängt schliesslich vom Menschen ab. Wenn zwei Armeen auf eine Schlacht verzichten, dann hat die Schlacht nicht stattgefunden (das heisst, die Zeit hat ihre

Existenz nicht unter Beweis gestellt, existierte nicht). Die Zeit macht sich als Folge unseres Handelns bemerkbar; und sie verschwindet, wenn wir etwas unterlassen oder überhaupt nicht tun. Sie ist eine Materie, die unter unserem Einfluss immer zum Leben erweckt werden kann, jedoch in einen Zustand des Tiefschlafs oder sogar der Nichtexistenz versinkt, wenn wir ihr unsere Energie versagen.«

# 13. Motorische Reflexionen im Fahrradsattel

Pfingsten war's, und wieder einer jener Tage, an denen selbst die wenigen Grundfarben, die der eingesessenen bäuerlichen Architektur zur Verfügung stehen, für ein abwechslungsreiches Landschaftbild sorgten. Auf einem Malgrund unterschiedlich abgestuften Grüns lagen die Einzelhöfe eingebettet, die trotz ihrer uniformen Farbgebung der ländlichen Dreifaltigkeit aus roten Dächern, braunen Holzwänden und weissgekalktem Mauerwerk so strahlend mit dem Wiesengrün und Himmelsblau kontrastierten, dass der Betrachter dieses Bildes keinen Wunsch verspürte, die beschränkte Farbpalette zu erweitern. Dazu kam, dass das leuchtende Weiss der Mauern droben im Blau in Gestalt einer Kette von Kumuli sich wiederholte, die, knapp über den Horizont gelagert, den Verlauf des grossen Flusses in der Ferne anzeigte.

Obwohl sich der Erich nicht zu den Gläubigen im christlichen Sinn zählte, war ihm dennoch, als habe sich ein Heiliger Geist über die Landschaft ergossen und sie buchstäblich erleuchtet in diesem klaren, frühsommerlichen Licht. Ein frischer Ostwind beugte stattliche Weiden und trieb ihre silbernen Rücken vor sich her, verführte die Schwalben zu übermütigen Flugmanövern und hielt Hitze und Kühle in angenehmer Balance. Zudem blies er im Augenblick von hinten, sodass sich Erich, bei einer gewissen Fahrtgeschwindigkeit in wohltemperierter Windstille ohne jede Anstrengung, wie schwerelos, fortbewegte.

Am nächsten Anstieg würde die Sache wohl anders aussehen, ging ihm durch den Kopf, wie er so unverdient bar jeden Schweisses dahinglitt. Die Sonne stand noch hoch, und auf den Abschnitten der bevorstehenden Steigung, wo der Wind nicht hinreichte, würde er vielleicht sogar nicht »direct his feet on the sunny side of the street«, sondern auf deren Schattenseite wechseln müssen, um unter der Schwitzgrenze zu bleiben. Andererseits konnte es zu dieser Jahreszeit auch noch empfindlich kühl werden, wenn er auf der schattigen Abfahrt dem frischen Wind ausgesetzt war und anschliessend in jene feuchte Wiesensenke tauchte, in der im April die ersten Morcheln zu finden waren.

Nun erwies sich die im Geiste vorgestellte Steigung als nicht so schweisstreibend, wie vermutet, und er hatte das unangenehmste Stück – die steile Passage durch den Wald, wo die Sonne von oben beinahe senkrecht herabbrannte – hinter sich gebracht. Die Strasse verliess nun in einer Kurve das Holz, ebnete sich leicht, und linkerhand auf einer Wiese tauchte eine Kapelle auf. Deren zweiflügelige Pforte war zur Strasse hin weit geöffnet, und in ihr menschenleeres, dunkles Innere aus braunen Bänken und und schwach glimmenden Vergoldungen, aus Weihrauch und Rosenkränzen, fiel, durch das Staubgeflirre eines ganzen Jahres hervorgehoben, ein scharf abgegrenzter Sonnenstrahl.

»Höchste Zeit auszulüften«, schiesst dem Erich im Vorbeiradeln durch den Kopf, »damit der Heilige Geist einziehen kann!«. Eine kleine Aufzwickung der katholischen Frömmigkeit seiner Wahlheimat konnte er sich von Zeit zu Zeit nicht verkneifen, schliesslich war das gutmütige Zwicken und Zwacken, das Ohrwaschlzupfen, Nasenstübern und Schädelklopfen einer dickköpfigen Rasse quasi angeboren und eine gern geübte Umgangsform, die keiner wirklich übel nahm.

Tatsächlich hatte er sich, als vor langer Zeit Zugereister, mit der Art und Weise, in der die Hiesigen ihren katholischen Glauben betrieben, längst ausgesöhnt. Wenn er damals, als linker, aus der protestantischen Kirche ausgetretener Student, einmal geahnt hätte, dass er sich im erzkatholischen schwarzen Bayern ansiedeln würde, hätte er nur aufgestöhnt. Vor Ort und Stelle sah die Sache aber bald ganz anders aus: Angesichts des tiefwurzelnden keltischen Naturells der Eingeborenen hatte die katholische Kirche es nicht vermocht, sich ihrer völlig zu bemächtigen, das heisst: ihre Aufmüpfigkeit und Eigensinnigkeit konnte sie ihnen nicht austreiben. Sie gingen hier zwar zur Messe, schimpften aber ebenso über ihre kirchlichen Oberen wie am Stammtisch über die Politiker. Sie waren sozusagen gläubig, liessen sich aber überhaupt nichts sagen – eine angenehme Mischung, wie Erich fand. Sobald ihnen niemand dreinredete, liessen sie eine Sache durchgehen, und im übrigen war der Kirchgang am Land mindestens ebenso sehr ein eingespieltes soziokulturelles Ereignis wie eine Zwiesprache der Gemeinde mit Gott.

Was aber den Erich als ehemaligen Protestanten bei den Katholiken immer noch verblüffte, war deren lockerer Umgang mit ihren Glaubenssätzen und Dogmen. Bezüglich Sünde und Vergebung zum Beispiel schienen sie ihr Überich, wie es so schön heisst:, externalisiert, in fremde Hände gelegt zu haben, wo der Protestant sich selbstverantwortlich dünkt und deshalb mit sich selber kämpfen muss. Während die lutherische Art des Glaubens und der Frömmigkeit dem einzelnen Mitglied der Kirche eine eigenverantwortliche, beinahe schon Kantische Moral abverlangt, jedenfalls erwartet, dass der Einzelne von sich aus eine gewisse Übereinstimmung zwischen Glauben und praktischem Handeln vor Gott herstellt, schienen sich die Katholischen darum weniger zu sorgen.

Aus diesem Blickwinkel erschien ihm deren Frömmigkeit als eine gesellschaftlich notwendige soziale Veranstaltung, die ein Brimborium aus Glöckchen, Weihrauchfässern, Gold und Brokat (und, das muss der Neid lassen, wirklich geschmackvollen, weichledernen, roten Prada-Slippern für den Oberboss) zum Anlass nimmt, dem Sünder mit höllischer Verdammnis zu drohen, ihn zugleich aber augenzwinkernd um den Preis dreier Rosenkränze oder eines Ablasszettels absolviert. Unvorstellbar für einen Protestanten, mit welcher Drohgebärde die Kirche ein Verbot oder Gebot, wie das zölibatäre, für ihre Priester verkündet, und mit welcher Selbstverständlichkeit sie (und die Gemeinde der Gläubigen) es im gleichen Atemzug billigt, ja beinahe erwartet, dass sie's wenigstens mit ihrer Haushälterin treiben und ihre jungen Ministranten verschonen.

Nun ja. Wenn man schon am Sticheln und am Zwicken war, konnte man das auch gleich richtig tun, denn (wie der Wahlspruch auf dem ghanaischen Kleinlaster kurz und treffend lautete) »what must be done, must be done reight!« Wenn man nämlich die drei grossen religiösen Überlieferungen auf der westlichen Halbkugel betrachtete, Bibel, Thora und Koran, und sehen musste, wie die sich bis aufs Messer bekriegten, so konnte man das vielleicht mit den historischen Zeitläuften, nicht aber mit der Unvereinbarkeit ihrer Lehren erklären. Nicht nur, dass sie alle Nachbarn und enge Verwandte aus dem nahen Osten sind, die mit ihren Eseln und Kamelen alle schon einmal an ein und derselben Palme, ein und demselben Brunnen in Palästina gerastet hatten; nicht nur, dass das Personal ihrer Texte, mit leicht unterschiedlicher Rollenverteilung, weitgehend identisch ist, sind sie auch noch alle aus dem gleichen paternalistischen Stamm, wo die Weiber drei Schritte hinter den Männern zu gehen hatten und wo ein bärtiger alter Greis über die Gemeinschaft wachte.

Wahrscheinlich stritten sich die Drei so sehr, w e i l sie einander so ähnlich waren – so wie enge Nachbarn oder alte Eheleute sich streiten, sich von einander absetzen und behaupten müssen; kurz: wie die Bayern sich mit den Österreichern seit Jahrhunderten frozzeln, obwohl »die eh kein Fremder auseinanderkennt«.


Unter diesen Gedanken war er auf der Höhe angekommen und schaltete eben in den nächstgrösseren Gang, als ihm in einiger Entfernung ein anderer Radler in zünftigem Dress, tief über den Lenker gebeugt, entgegenkam. Als sie sich trafen, blickte der andere kaum auf; und als Erich einen Gruss hinüber nickte, übersah ihn jener in wilder Entschlossenheit, sich vom verlockenden Flug bergab nicht aufhalten zu lassen, schon gar nicht von einem so wenig windschlüpfigen Menschen wie Erich.

»Potzblitz«, dachte der, als der Profi vorbeigepfeilt war, »hier am Land grüsst doch eigentlich jeder jeden (falls man nicht gerade verfeindet ist); es gehört schon was dazu, einander so zu ignorieren«. Am Land muss man sich schliesslich nicht, wie in der Stadt, der Menschenmassen durch Wegschauen oder Unbeteiligtsein erwehren; man begegnet vielmehr den Wenigen, die man trifft, noch mit Neugier und einem gewissen Interesse. Man will wissen, was der Nachbar treibt. Das fand er selbst mittlerweile ganz natürlich. So geschieht hier, was in der Stadt undenkbar wäre: dass der Radler den am Weg Sitzenden ebenso grüsst, wie den Fussgänger oder den anderen Radler, ja sogar manchen Autofahrer auf der Landstrasse.

Während er seit geraumer Zeit ebenen Weges dahingerollt war, auf einem Höhenrücken mit wechselnder Aussicht hüben und drüben, tat sich rechterhand eine Abzweigung auf, ein frisch asphaltierter Feldweg, der sich als verjüngendes, hellgraues Band zwischen grünen Wiesenbuckeln in die Tiefe schwang, verschwand, auftauchte und wieder verschwand und in einer letzten dünnen Aufwärtsbewegung auf eine spitze, gotische Kirchturmhaube zielte, die weit unten, als einziges Zeichen einer menschlichen Ansiedelung aus einer Bodenfalte herausstach, in der sich, wie er von früheren Ausflügen wusste, ein ganzes Dorf versteckte. Dieses glatte Band durch grüne Wiesen lud ein, sich hinab zu stürzen, und so rauschte denn auch bald der Wind um Erichs unbehelmten Kopf. Mit unprofessionell flatterndem Gewand fährt er zu Tal, und während die ersten Fliegen auf seine Brille prallen, tanzt er selig, wie ein Schifahrer, zwischen grünen Buckeln in der Falllinie auf die Kirchturmspitze zu. Kein Kies auf der glatten Piste, durch übersichtliche Kurven kann er gefahrlos der Ideallinie folgen, das Radl schnurrt. Schneidig, aber mit beiden Händen bremsbereit, legt er sich in die Schräge und korrigiert mit dem kurveninneren Knie die Enge seines Radius.

In vollem Schwung nähert er sich so dem Hof, der auf halbem Weg nach unten in einer Senke auftaucht, und wo als einziges Lebenszeichen in der feiertäglichen Ruhe ein schimpfender Hofhund aus dem Tor herausgeschossen kam: ein durchaus sympathischer mittelgrosser zottiger Schwarzer mit weissem Brustfleck, der sich zu einem kleinen Wettrennen aufgefordert fühlte, während aus dem Hofinnern eine Männerstimme hinter ihm her brüllte. Als Erich bergab mit Leichtigkeit beschleunigte, gab er nach hundert Metern auf.

Nun sind Hofhunde für den ländlichen Radler ein Kapitel für sich, über das er lang und breit erzählen könnte.

Er liess es aber nach einem kurzen inneren Resümmee dabei bewenden, dass er, wie auch immer, bisher noch alle Begegnungen mit den Wadelbeissern unbeschadet überstanden hatte. Das einzige Rezept, das er kannte, war, so zu tun, als ob er sich nicht fürchte; wobei man allerdings bei Hunden deren scharfen Geruchssinn berücksichtigen muss, das heisst: selbst nicht zu sehr nach Angst stinken darf. Das ist manchmal schwer; besonders wenn dir bergauf, wenn du nicht entkommen kannst, ein kaum einschätzbares Bündel Wut in die Quere fährt. Es braucht garnicht mal so gross zu sein; es genügt, wenn du bei deinem scheinbar gleichmütigen Weitertreten seine heissen Atemstösse in deiner rechten Kniekehle spürst und weisst: er könnte, wenn er wollte! Im grossen Ganzen kann der ländliche Radler davon ausgehen, dass die wirklich Scharfen eh an der Kette hängen (drum sind sie ja auch scharf), wenn auch nicht aus Mitgefühl mit den Radlern, sondern eher, weil die Besitzer die Anzeigen gebissener Opfer vermeiden wollen. Aber auch hier gibt es wieder die Ausnahme der scharfen Jungsporne, die noch frei herumlaufen, ohne zu wissen, dass ihnen die Kette bevorsteht.

Viel weiter kam der Erich nicht in seinen Überlegungen zur Natur der Hofhunde, weil beim Passieren einer teppichglatten frisch gemähten Wiese eine schwarze Katze seine Aufmerksamkeit beanspruchte, die einsam, reglos, aber unübersehbar wie ein Ausrufezeichen, mit vorgereckten Ohren offensichtlich über einem Mauseloch meditierte. Während er im Vorbeihuschen das Bild dieser geduldig der Beute harrenden Jägerin in sich aufnahm, ging ihm durch den Kopf, dass das Warten zum Jagen, zur täglichen Arbeit dieser Katze gehört.

Dieser durchaus alltägliche Anblick einer niederbayerischen Landkatze, felix paganus bavaricus, schien ihm Ausdruck des ländlichen, ursprünglich bäuerlich geprägten Zeitablaufes schlechthin zu sein. Dessen Einteilung der Zeit (und es sind ja die Einteilungen, die Takte, welche die Zeit zum Fliessen bringen!) bemisst sich weniger nach Stunden oder einem Stundenplan, sondern nach Arbeitseinheiten: Ein Stück Land, das an einem Morgen mit dem Ross umgepflügt werden kann; ein Stapel Brennholz, der gespalten und aufgeschlichtet werden muss; 20 Kühe, die morgens und abends gemolken werden müssen. Arbeitseinheiten sind eindeutig definierte repetitive Aufgaben, die in einem gewissen, von Erfahrung bestimmten Zeitrahmen erledigt werden können. Wenn der Arbeitende diesen Rahmen nicht einhalten kann, muss er selbst entscheiden, was zu tun ist: länger arbeiten, die Anstrengung verdoppeln oder, wenn zum Beispiel ein Gewitter bei der Ernte droht, seine Arbeit abbrechen, aufschieben oder in kleinen Stücken verrichten.


Die Dauer einer Arbeitseinheit beläuft sich auf die Spanne Zeit zwischen dem ersten Axtschwung, den einer tut, um einen Haufen Holz zu spalten, bis er sagt »Geschafft!«. Er hat die Stunden nicht gezählt; jetzt schaut er auf die

Uhr und sagt: »Sieh an, zweieinhalb Stunden hab ich gebraucht!«. Ebenso beginnt auch die Arbeitszeit der Katze mit dem Ansitzen und Warten vorm Loch und endet, wenn sie die Maus gefangen hat. Dann hat sie ihre Arbeitseinheit erledigt.

Dass Warten zur Arbeit gehört, ist nicht nur im Tierreich zu beobachten. Ebenso geduldig wie die Katze auf die Maus, muss der indische Bauer auf den Regen, der Fischer auf die Beruhigung der See, der Bergsteiger auf gutes Wetter, der Reisende in Afrika auf den Bus, der Surfer auf die grosse Welle warten. Auf dem Weg zur Arbeit in der U-Bahn muss man warten, im oberirdischen Verkehr erst recht, wir alle warten auf das grosse Glück – aber das gehört nicht zur Arbeit.

Wo das Warten erwartungsgemäss einen erheblichen Teil der Arbeit darstellt, wird man versuchen, das Beste draus zu machen, und nicht alle fünf Minuten ungeduldig auf die Uhr schauen. »Step on your Watch, you need no Time«, singen die Slickaphonics, und wer sich so nennt, pflegt die Wahrheit nicht zu scheuen.


Unterdessen war die Kirchturmspitze näher gerückt, aber Kirchenschiff und Dorf hielten sich noch immer hinter einem letzten Buckel bedeckt. Da nahm er Anlauf, hielt auf den Aufschwung zu, liess sich emportragen, noch ein wenig Tretarbeit – und in einem Hui war das Dorf vor ihm ausgebreitet, dessen Dächer unterhalb der Kirche sich aus dem Seitental, aus dem er kam, bis in die Ebene der Vils erstreckten. Da er über einen Nebenweg – quasi durch die Hintertür – hereingekommen war, musste er den abschüssigen Hang vor sich erst queren, bevor er die eigentliche Dorfeinfahrt erreichte: eine Lindenallee, die von einer

Anhöhe linker Hand sich parallel zu seiner Richtung zum Marktplatz des Fleckens hinunterzog.

In die bog er ein, liess sein Radl laufen, musste aber bald die Bremse ziehen, um drunten das Stoppschild nicht zu überfahren. Bremsen, Runterschalten, Bremsen, am Stoppschild bereits im kleinen Gang, ein Blick nach links und dann – Privileg des flotten Radlers – ohne anzuhalten rechts um die Ecke auf den Marktplatz zu. In einer leichten Kurve kurz vor der Einmündung rieb sich indessen seine Strasse so heftig an den Tischen, Bänken und Knien eines kastaniengrünen Biergartens, dass er, ob er wollte oder nicht, nochmals zur Bremse greifen musste, um sich die Sache genauer anzusehen. Er erinnerte sich, dass bei seiner Einfahrt die Kirchturmuhr halb Vier am Nachmittag gezeigt hatte (noch früh für einen strahlenden Radlertag im Juni) und beschloss, hier eine sportliche Halbe zu trinken. Als er am Ende des Gartens abbog, um sein Fahrrad abzustellen, wurde er daran erinnert, dass er heute nicht der Einzige war, der auf die Idee eines Pfingstausflugs verfallen war, denn etwa sechs Rennräder und vier Mountainbikes, alle brav mit Helmen garniert, lehnten da an Mauer und Hecke. Beim Eintreten nickt man sich zu, »Servus!«, ein Tisch war noch frei, an den setzt er sich und streckt die Beine aus.

Während er im kühlen Grün sein Weissbier trinkt und den fetten Kater beobachtet – der als Kater »von Haus aus« (wie man hier sagt) fauler im Jagen ist als die Weiberl – und zuschaut, wie das bequeme, vermutlich kastrierte arme Vieh den Gästen schmeichelnd um die Beine streicht, um sein täglich Brot zu ergattern, kommt ihm wieder die stolze schwarze Jägerin in den Sinn. Die war nur zu bewundern für die Ruhe, mit der sie das Futterbeschaffen betreibt, obwohl die Stillung ihres Hungers durchaus der Regelmässigkeit entbehrt, mit der wir Menschen (und dieser faule, gerissene Kater) im allgemeinen Nahrung zu uns nehmen. Auch die Katze erlebt Völleund Hungerperioden, wenn auch sicher nicht so ausgeprägt, wie die meisten freilebenden Tiere.

Wir westlichen Menschen, spann Erich den Gedanken fort, haben uns ja so sehr an geregelte Zeit gewöhnt. Nehmen wir die Nahrungszufuhr, die Stillung unseres Hungers als Beispiel, so können wir – zumindest wir reichen Westlichen – die Stillung unseres Hungers in vorhersagbaren regelmässigen Abständen erwarten. Je ärmer eine Gesellschaft ist, oder je naturnaher sie noch lebt, das heisst je abhängiger sie noch von Jagen und Sammeln, von Fischfang und Landwirtschaft ist, umso unsicherer wird die Stillung ihres Hungers. Noch ausgeprägter schien ihm diese Unsicherheit bei den wild lebenden Tieren zu sein: in einem schlechten Winter kann die Maus verhungern; das Löwenrudel muss mit knurrendem Magen tagelang warten, lauern und pirschen, bis es die Gazelle erlegt. Statt wie wir acht Stunden ins Büro zu gehen, und so das Geld für unser täglich Brot zu verdienen, muss der Greifvogel endlos kreisen und spähen und mehrmals vergeblich niederstossen, bis er für sich und seine Jungen das Futter beisammen hat, und am Abend ist er vielleicht immer noch hungrig.

Eben hatte die Turmuhr halb Fünf geschlagen, die Rennradler waren schon aufgebrochen, da winkte der Erich die Bedienung herbei und zahlte mit einem einem Aufschlag feiertäglicher Zufriedenheit, der, wie sich´s hier gehört, mit einem tiefen Einblick in die Dirndl-Bluse belohnt wurde. Die ersten zehn Sekunden leichten Schwankens auf dem Sattel meisterte er ohne grössere verkehrstechnische Auffälligkeit, danach normalisierte sich die Lage rasch. Selbst als ihm am Ortsausgang ein hinkender alter Hahn beinahe ins Rad lief, der in einem letzten Aufwallen einen knackigen jungen Hühnerarsch mit Todesverachtung quer über die Strasse verfolgte, brachte ihn das nicht wesentlich aus dem Gleichgewicht. Als ländlicher Verkehrsteilnehmer lernt man im Lauf der Zeit, Interessenkollisionen mit dem heimischen Niederwild, das uns die Pisten streitig macht – als da sind Hühner, Fasane, Entenmütter mit 10 Jungen im Schlepptau, Kanickel, Katzen oder Igel – zu vermeiden.

Die beste Strategie bestand nach Erichs Erfahrung darin, das nervöse Tier bei der Annäherung mit Fahrrad oder Automobil in seiner intendierten Bewegungsrichtung zu unterstützen. Wenn zum Beispiel so ein Laufvogel sich anschickt, die Strasse von rechts nach links zu überqueren und dann, wie üblich, auf drittel oder halber Strecke stehenbleibt um nachzudenken, so ist unsere erste Reaktion die, nach links auszuweichen. Damit aber verlegen wir ihm den Weg; sein kleines Hirn ist überfordert und nackte Panik ist die Folge. Vielmehr müssen wir, gegen unseren ersten Impuls, nach rechts steuern und so den zögerlichen Entschluss des Tiers, nach links zu wechseln, noch bestärken. Meister Lampe mit seinen Haken ist dagegen völlig unberechenbar, bei Tag wie bei Nacht, weshalb er sich auch meist selbst den Reifen gibt. Igel sind für die Gefahren der Strasse zwar genetisch völlig untauglich, aber von vorhersagbarem Verhalten. Auch Rehe stellen eine nicht geringe Gefahr vor allem für den Autofahrer dar, wenn sie aus dem Gebüsch vor seine Kühlerhaube preschen.

Aber als Opfer des ländlichen Strassenverkehrs überwiegen weit die Langohren. Deren Anfälle periodischer

Fruchtbarkeit stellten aber augenblicklich keine Gefahr mehr dar, das heisst, die durchschnittlichen neun Zehntel des letzten Wurfs waren bereits der verkehrsbedingten Auslese zum Opfer gefallen und lagen entweder als fliegenumschwärmte Kadaver am grünen Rand des Todesstreifens oder mittendrauf, geplättet durch unzählige Reifen zu felligen Strassendrucken Beuys'scher Manier. »Grace under Pressure« war eine hübsche englische Umschreibung für die Fähigkeit jener unglücklichen Tiere, trotz vielfältiger Pressionen »Haltung bewahrt« zu haben: Haltet weiter die Ohren steif, Jungs! Die nächste Generation ist schon im Anmarsch! Erich würde auf seinem Rückweg ebenfalls Haltung bewahren müssen. Er dachte dabei an die nächste Steigung, die ihm bevorstand; zunächst einmal aber ging es bergab.

Auf glatter Bahn taucht er nahezu geräuschlos (bis auf den Wind in seinen Ohren) und erschütterungsfrei in einen schattigen kühlen Mischwald aus alten arthritischen Eichen und sehnigen Buchen mit bemoosten Zehen ein, schnurrt im größten Gang mit ausgefahrenem Knie durch die Kurven, spielt mit der Fliehkraft, findet die Ideallinie, wiegt sich in der Euphorie mühelosen Schwebens und Tanzens. Diese Gefühle hat er immer in seinem Bewegungsdrang gesucht, das war der Kern seiner Bewegungslust: mit der Schwerkraft zu spielen, abzuheben, zu springen und zu gleiten in kontrollierter schneller Bewegung. Den festen Grund, an den wir gebunden scheinen, wenigstens zeitweise zu verlassen, die Trägheit und Schwere des eigenen Körpers nicht mehr zu spüren. Der Gleitschirmflieger, der Schwimmer, Taucher oder der Schifahrer, der im tiefen Pulverschnee seine

Schwünge zieht, erleben Ähnliches. Sie alle bewegen sich in einem Element, das die Körperschwere aufhebt.

Unterdessen hat sich seine Abfahrt verlangsamt, die Strasse hob sich ihm entgegen (er spürte wieder stärker sein Gewicht) und nach einer letzten Kurve spie ihn der schattige Wald unvermittelt in die blendende Helle offenen Geländes. Von hier aus schaute man, einen Absatz tiefer, auf die Dächer von Köching, einer Versammlung von drei, vier Höfen im Wiesengrund, mit einem Wirtshaus an der Kreuzung, das am Wochenende zu einer Diskothek mutiert. Und schon schwingt er sich auf seinem Renner die letzte Stufe hinab, zielt über den Lenker geduckt genau auf das Wirtshaus hin, biegt unten an der Kreuzung nach rechts und radelt den ebenen Bachgrund entlang, der sich westlich neigenden Sonne zu. Jenseits des Bachs erhob sich das Gelände zur letzten Hügelkette, die ihn vom heimatlichen Stall – der allerdings auch auf der Höhe lag – noch trennte; noch zwei Anstiege und eine Abfahrt, dann war er zu Hause.

Nach kurzer Fahrt bog er nach Süden in einen gleichfalls asphaltierten Feldweg ein, der zuerst den Bach überbrückte, um sich dann in einiger Entfernung jäh aufzubäumen und mit roher Aggression in gerader Linie eine Kuppe zu gewinnen – ein grauslicher Anblick für einen müden Radler. Der Leser ahnt bereits: das war der gefürchtete Anstieg, auf dessen Bezwinger 74 Jungfrauen warteten – falls er dann noch konnte. Diese vorletzte Steigung seiner heutigen Route hatte er schon immer respektiert, verlangt sie doch vom müden Heimkehrer, dass er angesichts ihrer furchteinflössenden Perspektive mutig seine letzten Kräfte noch einmal zusammenraffe und zu einem Antritt ansetze, der zwar von vornherein das Schmalz einteilt, aber zugleich nicht daran zweifelt, das Ziel mit Haltung zu erreichen – Grace under Pressure.

Imgrunde ist es die gerade Draufsicht auf diese kurze Steigung, die so entmutigend wirkt; ihre vermutlich fünfzehn Prozent wirken so wie zwanzig. Fünfzehn Prozent sind auf kurze Strecken kein unüblicher Wert in dieser Gegend. An guten Tagen oder wenn er frisch war, fuhr er das noch im Sitzen; aber auch strassenschildverbürgte 20 Prozent kamen vor – näher dem Inn zu, in der marktlberger Gegend; da war's aus mit Sitzen, da hat es ihm schon mal das schlecht gesicherte Kettenschloss ausgerissen. Aber um das Thema nicht weiter zu strapazieren, genügt es festzustellen, dass der Erich oben wohlbehalten ankam. Hier auf der Kuppe endete der Teerbelag: Das Gröbste war geschafft, ab hier, wo's in sanfterem Anstieg weiterging, musste der Landwirt mit Traktor und Hänger auf ungehobelten Wald- und Feldwegen weiterkommen.

Erich nahm, sein Fahrrad nunmehr schiebend, den geradeaus in den Wald führenden Karrenweg, einen zweispurigen, ausgewaschenen, holperigen Pfad, mit einem Streifen grünen Grasbewuchses in der Mitte, der sich in Kurven aufwärts durchs Holz wandt. Zuerst ging es durch ein Stück ehrwürdigen alten Föhrenwaldes, dessen dicke, borkige Stämme sich dicht an den Weg drängten und ansatzlos, wie ein Schwammerlfuss, aus einem Teppich brauner Nadeln herauswuchsen. Wie urzeitliche Wächter des Weges standen sie da und gaben sich den Anschein schuppiger, muskulöser Kreaturen, die den Wegrand sprungbereit bewachten. Erich aber grüsste sie wie immer und durfte ungehindert passieren.

Nach einiger Schieberei lichtete sich der Wald zu einem hellgrünen Gehölz aus Birkenlaub und jungem Heidelbeergesträuch, hinter dem sich als höchster Punkt des Hügelzugs eine besonnte Wiesenkuppe auftat – die sogenannte Keltenschanze. Von hier aus reichte der Blick nach Norden über die Donau weit in den Bayerischen Wald, nach Süden ins hohe Gebirge.

Von der Schanze war für den Laien nicht viel mehr zu sehen, als ein paar schwache Erhebungen im Rasen, aber das war nicht ungwöhnlich für diesen merkwürdigen Volksstamm, der unsere Gene mindestens ebenso geprägt hat, wie die Römer oder Germanen, den wir aber als einen unserer Ursprünge vergessen haben; vielleicht, weil er sich, wie manche Historiker meinen, nie zu einem machtvollen, einheitlichen Staatswesen aufgeschwungen, sich immer zerstritten hat und am Ende als geschichtlicher Verlierer immer weiter nach Westen abgedrängt wurde.

Die Kelten im Donauraum haben ja in der Tat wenig materielle Spuren hinterlassen: Keine Baulichkeiten, kein Schrifttum, lediglich Zeugnisse ihrer hohen Kunst der Metallverarbeitung wie Waffen und Schmuck und vor allem Münzen. Dort unten den Fluss entlang sind sie von Osten hergezogen, eine anarchische Schar von streitlustigen Säufern und Sängern, von begabten Handwerkern, Bauern und Kriegern; sind flussaufwärts immer weiter vorgedrungen, haben städtische Siedlungen gegründet, sich in die Seitentäler der kleineren Zuflüsse verlaufen und sich so in ihrem gestreiften und karierten Gewand, ihren Druiden, Zaubertränken und goldenen Sicheln bis vor Erichs Haustür vorgearbeitet. Lange bevor das Donau- und Alpenvorland zur römischen Provinz Rätien wurde, waren sie dagewesen, hatten sich mit den römischen Besatzern arrangiert und die sich mit ihnen, hatten auch mit den Germanen Verkehr, die von jenseits des Limes hereindrückten, und so haben die drei Stämme in Aussehen und Charakter der einheimischen Bevölkerung ihre Spuren hinterlassen. Deren notorische Aufmüpfigkeit und Eigensinnigkeit, die ihm Respekt abverlangten, schien ihm ein keltisches Erbteil zu sein.

Bedauernswertes Opfer dieser ihrer Eigenschaften waren sie ebenfalls vor Erichs Haustür geworden, als sie sich im letzten Bauernaufstand 1704 gegen die österreichische Besatzung erhoben und – ein Haufen von etwas über 4000, mit Sensen und Spiessen bewaffneter Bauern – von den überlegenen gegnerischen Kräften am Reschdobl nahe Aidenbach ratzebutz alle niedergemacht wurden. Auch dorthin reichte der Blick von hier oben.

Erich hatte sein Fahrrad ins Gras gelegt und sich daneben niedergelassen und schaute nun vom Keltenhügel aus in entgegengesetzter Richtung auf die bewaldete Hügelkette gegenüber, von der ihn jetzt nur noch eine Abfahrt und ein Anstieg trennte. Dort konnte er auf gleicher Höhe bereits sein heutiges Etappenziel ausmachen: drüben der Hof am Waldrand, der eben noch von der Sonne beschienen wurde, war sein Zuhause.

Während der Erich so sass und schaute und angesichts seines beinahe greifbar nahen Zieles den heutigen Radltag in Gedanken Revue passieren liess, erinnerte er sich wieder, dass man ja das Pfingstfest feierte. War das der Grund dafür, dass ihm heute die Welt in so versöhnlichem Licht erschienen war? Natürlich kann man solche merkwürdigen Tage, an denen ständig Gegenwind herrscht oder die Welt in anderes Licht getaucht scheint, durch das Wirken übersinnlicher Kräfte erklären, eines Heiligen Geistes oder eines Wetter-Zorro oder eines keltischen Druiden, dessen Zauber noch an diesem Platz zugange ist.

Während er nicht daran zweifelte, dass wir gewiss auch

von energetischen Prozessen beeinflusst werden, die sich unserer sinnlichen Wahrnehmung prinzipiell entziehen, dass also durchaus höhere Mächte walteten, war er immer wieder versucht, die vorschnelle Ausflucht ins Übersinnliche, Esoterische gehörig zu zwicken (wie er es im Fall der Astrologie zu tun pflegte). »Vorschnell« nannte er dieses Verhalten vieler Zeitgenossen, weil sie nach seiner Meinung Erklärungen und Befriedigungen im Übersinnlichen suchten, bevor sie die sinnlich-materielle Seite in sich selbst und der Welt noch recht entdeckt oder ausgeschöpft hatten.

Warum sie das tun, hat verschiedene Gründe. Warum entscheidet sich einer zur Erklärung der Schöpfungsgeschichte für die Bibel statt für Darwin? Warum greift einer zur Astrologie, um den Lauf der Welt und sein eigenes Schicksal zu verstehen, statt zu Psychoanalyse, Psychologie oder Soziologie? Aus Angst, aus Bequemlichkeit, weil's leichter verständlich ist? Weil wir ohne Übersinnliches nicht auskommen?

Die Sinnlichkeit oder die sinnliche Erfahrung nicht auszuschöpfen, bedeutete für Erich zuerst einmal ganz konkret dies: die Fähigkeiten unserer Sinne, ähnlich der Kapazität unseres Gehirns, niemals auszunutzen und deshalb zu unterschätzen. Obwohl die Empfindlichkeit jedes einzelnen unserer fünf Körpersinne wie auch unsere Bewegungsfähigkeit von der Tierwelt weit übertroffen wird, können wir doch unter bestimmten Bedingungen ungeahnte, nie für möglich gehaltene Fähigkeiten unserer Sinnesleistung entwickeln, die ans »Übersinnliche« grenzen. Ist es nicht ein Wunder, wenn ein Blinder sein Hörvermögen kompensatorisch so trainieren kann, dass er seine Ohren, wie die Fledermaus, als Radarsystem, als Echolot benutzt, das ihn befähigt, durch die akustische Reflexion von leisen Klick- oder Schnalzlauten, die er bei Unsicherheit ausstösst, kleinsten Objekten, etwa der schmalen Stange eines Verkehrsschildes, auszuweichen? Auch dass unsere Ahnen in der Vergangenheit, als sie noch auf allen Vieren die Hintern ihrer Weibchen beschnüffelten, ein ungleich stärker ausgeprägtes Riechvermögen hatten, als wir Heutigen, dürfte ausser Zweifel stehen; ebenso aber auch die Tatsache, dass wir Heutigen unser Riechorgan in Einzelfällen noch so schulen können – denken wir an Süsskinds »parfumeur«, an professionelle Wein-, Kaffee- und Schokoladeschnüffler, an Unterwäsche-Fetischisten –, dass wir Normalsinnigen von einem Wunder sprechen.

Erich erhob sich ächzend, kratzte sich am wunden Hintern, hob sein Radl auf, schwang ein Bein drüber, nahm, noch im Stand, Abschied vom Keltenhügel mit dem Gedanken, dass sein sinnlich schmerzender Arsch und keltische Übersinnlichkeit sich schlecht vertrügen, nix für ungut!, und setzte sich in Bewegung.

Auch diese letzte Abfahrt auf dem kürzlich geteerten Feldweg ins Tal rauschte noch einmal mächtig in seinen Ohren, aber drunten im Wiesengrund war es jetzt schon deutlich kühler, sodass er sich in seinem flatternden Leiberl schon wieder auf den Aufstieg freute, weil der ihn wärmen würde. Da gab es allerdings noch die Frage, ob er den Anstieg »hintenrum« oder »vornerum« nehmen sollte; der eine war, wie´s so ist im Leben, bequemer, dafür ein wenig länger, der andere kürzer, dafür steiler und bot die bessere Aussicht. Während er sich für den bequemeren entschied und an Giuseppes Pizzeria vorbei durchs Dorf fuhr, dachte er darüber nach, dass das Leben so schlecht nicht sein könne, solange man noch eine Wahl hat, und sei's die, zwischen einem mehr oder weniger mühevollen Aufstieg.

Sein Leben droben am Waldrand war nach den Maßstäben der Leute hier unten gewiss nicht erfolgreich zu nennen (und um seine Alterssicherung war's schlecht bestellt). Aber immerhin ermöglichte es ihm, an einem schönen Pfingstnachmittag mit dem Fahrrad noch ganz rüstig unterwegs zu sein und zwischen zwei Aufstiegen aus eigener Kraft zu wählen. Was will man mehr vom Leben, so lange man den Aufstieg noch schafft?

Ihm ging das Sprichwort »Wer die Wahl hat, hat die Qual« durch den Kopf, und er dachte, »gut und schön, aber immer noch besser als gar keine Wahl!«. Denn Freiheit im Sinne von Handlungsfreiheit hing in seiner Vorstellung zusammen mit der Menge von Verhaltensalternativen, zwischen denen einer wählen kann. Je mehr Verhaltensmöglichkeiten mir in einer Situation zur Verfügung stehen, desto freier kann ich mit ihr umgehen. Wenn ich nur noch zwischen zweien wählen kann (etwa Draufhauen oder Fliehen), ist mein Verhalten schon sehr eingeschränkt, aber ich habe immerhin noch die Wahl. Der letzte Schritt, nur noch e i n e Verhaltensmöglichkeit zu haben, ist keine Wahl mehr, sondern ein qualitativer Sprung: Aus dem eben noch Wählenden war ein Gezwungener geworden, einer, der Zwangsverhalten an den Tag legt. Nun ja, davon war er auch nicht ganz frei, aber im grossen Ganzen hatte er sich noch ein paar Wege offen gehalten, wenn auch die Reserven schwanden und mithin die Anzahl der Alternativen. Solange das Leben weiterhin wenigstens zwei Wahlmöglichkeiten wie heute für ihn bereit hielt, konnte es so schlimm nicht werden.

Und recht besehen waren es ja nicht nur zwei Alternativen, die ihm heute noch das Leben bot, sondern vier. Wenn er sich nämlich für die erste entschieden hatte, und zu Hause angekommen war, hatte er die weitere Wahl zwischen einer Brotzeit in der Abendsonne in seinem Garten oder einem Besuch bei Giuseppe unten im Dorf. Beides wäre ein guter Abschluss des Tages.

Zu Hause angekommen auf dem bequemeren Weg, versorgte er sein Fahrrad, ging dann in den Garten, zog die Schuhe aus, streifte Hemd und Radlerhose ab, tauchte im Brunnenbecken unter und hatte beim prustenden Auftauchen seine Entscheidung getroffen: Er würde, ökologisch inkorrekt, aber ohne schlechtes Gewissen sich in seinen gebrauchten Benz (was sonst) setzen, die zwei Kilometer den Berg hinunterrollen, den Arm aus dem Fenster hängen und vor Giuseppes Pizzeria anlegen.

So kam es auch. Die zum Lokal gehörende Gartenterasse war gut besetzt mit Einheimischen, welche die Küche des zugereisten, natürlich glutäugigen, neapolitanischen »Sepp« (mit Nachnamen »Lombardi«) als einzige Abwechslung zum Schweinsbraten weit und breit schon seit Jahren zu schätzen wussten. Man grüsste zur Strasse hinunter und zur Terasse hinauf, ein grosses »Servus!« und »Pfiat eich!« und »Habe die Ehre!«, unter dessen Kreuzfeuer es dem Erich dennoch gelang, mit pfingstlich gestimmter Seele einen gerade freiwerdenden Tisch zu ergattern und seine Beine nochmals auszustrecken.

Er bestellte zuerst eine Halbe gegen den Durst, danach Calamari fritti und einen Grauburgunder. Während er gemächlich ass und trank und die Szenerie betrachtete, flutete der heimkehrende Ausflugsverkehr durch die Dorfstrasse vor seinen Füssen. Spaziergänger, Radfahrer, offene Wagen, alle winken und rufen hinauf oder hinunter. Nur die finsteren gepanzerten Ritter unter den undurchsichtigen glänzenden Helmen auf den japanischen Plastikrössern, mit ihren ebenso bewehrten Bräuten hinter sich im Sattel, verweigern die Kommunikation mit der Terasse: meist kommen sie in in drohender Phalanx die Dorfstrasse heraufgezogen, mit einem verhaltenen, zornigen Knurren unterm herabgelassenen Visier. Bei Annäherung an die Terasse wechselt das Geknurre abrupt in eine höhere, aggressive Tonlage, um knapp nach dem Passieren der speisenden Gesellschaft in jenes markerschütternde, ansteigend schrille Kreischen zu verfallen, das Freund und Feind gleichermassen vor Furcht erstarren lässt.

Während die Löffel und Gabeln vor offenen Mäulern verharrten und die Zeit ob der erlittenen akustischen Qual beinahe stillstand, hatte Erich für einen kurzen Augenblick die Vorstellung, den Sinn des Grossen Ganzen zu begreifen. Allein, wie bei einem Traum, den man nach Erwachen noch dunkel erinnert, dessen Inhalt man aber vergessen hat, hätte er, als die Zeit wieder zu fliessen begann, nicht mehr sagen können, was es war.

# Anmerkungen:

1) Der SPIEGEL, 4/2003, p. 132

2) Immanuel Kant, »Kritik der reinen Vernunft«,
Felix Meiner Verlag 1956, p. 66

3) Der SPIEGEL, 35/2003, p. 94

4) Ryszard Kapuscinski, »Afrikanisches Fieber«,
Eichborn Verlag 1999, p.19 f